KB273896

글쓰기 책쓰기

글쓰기 책쓰기

왕초보 글쓰기에서 출판까지
'사람책'을 빌려드립니다.

방은 지음

차 례

04 실용 글쓰기

05 왕초보 시 쓰기

06 책 한 권 남기기

글쓰기 관련 지도서를 기획하기 전에 많이 망설였다. 나까지 '글쓰기' 책을 낼 필요가 있을까 스스로에게 질문해 보았다. 기라성 같은 많은 문인이 어쩌면 고름을 짜내듯 묵묵히 글을 쓰고 있는데 '굳이 내가?'라는 생각이 들었다. 나는 훌륭한 문인들을 생각하며 스스로 나서서 책쓰기를 자제했다. 그러다 우연히 도서관의 '사람책' 프로젝트에 참여하면서 많은 사람이 글쓰기와 책쓰기 안내를 받고 싶어 하는 것을 알게 되었고 이에 용기 내게 되었다.

대부분 '사람책이 뭐야?' 하고 의문을 갖을 텐데 '사람책'은 '사람의 경험이 책이다.'라는 생각에서 기획된 일종의 사회봉사 시스템이다. '사람책'은 도서관에 등록된 어떤 특정한 분야의 사람이 독자에게 책처럼 대여되는 제도이다. 등록된 사람은 관련 분야의 멘토가 되어 대여를 신청한 멘티에게 자신의 재능과 지식, 경험, 지혜를 나누어준다. 기발한 이 시스템에 공감한 나는 호기심에 이끌려 '사람책'의 글쓰기 부분에서 활동하기 시작했다. 글을 쓰고 싶어도 도무지 못 쓰는 사람, 글을 어디서부터 어떻게 시작해야 하는지 모르는 사람, 글에 있어 진로를 고민하는 사람, 한 권의 책을 남기고 싶은 사람에게 작은 선생이 되어 경험과 지식을 나누었다. 그것은 내가 30여 년 동안 글쓰기 분야에서 터득한 지식과 지혜였다. 나는 그들이 궁금해 하는 경험과 지식을 성실하게 준비하며 아낌없이 나누어주었다. 멘티들은 내가 제시한 글쓰기 분야의 안내와 조언을 듣고 흥미로워했다. 처음 활동을 시작할 때 멘티에게 얼마만큼 도움이 될까 하는 걱정이 없는 것이 아니었지만 그것은 기우였다. 그들의 수줍은 감사의 고백이 나에게 보람과 힘을 안겨주었다. 나는 어느새 그들이 무엇을 궁금해 하는지 무엇이 문제인지 알게 되었고, 내게는 그에 맞는 자료가 쌓이게 되었다. 그동안 모아 놓은 글을 보며 글쓰기와 글쓰기 관련 각 분야의 진로를 고민하는 사람에게 입문서나 안내서 정도는 되겠다는 생각이 들었다. 하여 '코로나19'로 발이 묶인 나는 책으로 묶어낼 기획을 하게 되었고, 모아진 자료와 글을 재구성하고, 전체 내용을 다시 보완 수정했다.

분야별 차이점도 모르고 무작정 글쓰기가 좋아 글을 쓰기 시작했던 나는 많이 헤맨 끝에 등단하여 순수문학 작가의 길을 걷기 시작했다. 그러고는 한눈 팔지 않고 이 길만 걸어왔다. 가끔은 '내가 왜 이 고된 글을 쓰는가?', '다른 길을 갔더라면'하는 회의가 들 때도 있었다. 그럴 때마다 쓸 사람은 써야 한다. 글쓰기로 삶이 보람된 걸 어쩌겠냐는 울림과 함께 이 길 만큼 가치 있는 일이 있을까 하는 생각이 스스로에게 위안을 주었다. 손해를 보더라도 글쓰기는 과연 어린 나무 심기고 출판된 책은 듬직한 나무라는 생각이 들었다. 더위에 지친 행인이 나무 그늘에서 잠시 쉬어가는 것처럼 책은 값없이 쉼터의 역할을 하는 것이다. 내 생각이 거기에 미치고 만족하는 마음이 들자, 글쓰기에 대한 나의 고민과 번민은 눈 녹듯 사라졌다.

나는 '사람책' 활동을 통해 글의 세계에 입문하려는 멘티를 만나 기뻤다. 그들이 글쓰기 숲에 들어가 자칫 길을 잃을 수 있었지만, 멘토의 현장경험과 지식을 나침반 삼아 목적지에 좀 더 근접하는 것에 보람을 느꼈다. 또한 짧은 대화 짧은 글에 익숙한 세대에게 긴 대화와 긴 글로 성숙할 수 있는 계기를 만들 수 있는 '사람책' 멘토의 역할에 감사하는 마음이 들었다. 그리고 사회봉사사업이 여기에 그치지 않고 작가와의 다양한 만남을 통해 더 많은 사람이 글쓰기에 관심 갖기를 바란다. 글쓰기 책쓰기는 사회를 더욱 성숙하게 만들기에 부족함이 없기 때문이다.

이 책을 계기로 다각도로 외조 해주는 다정다감한 남편 효순 씨에게 감사드리고, 늘 나에게 기쁨과 격려와 힘을 주는 두 아들 낙용과 노용에게 감사드린다.

2026년 1월

방은

♣ 사람책

글쓰기는 나를 걸레처럼 비틀어 짠다.
나는 손으로 직접 글을 쓰는데, 가끔 오후에 공책을
덮고 나면 마치 국토를 횡단한 트럭 운전사처럼
서재 바닥에 뻗어버린다.
(메리 카)

사람책

〈가장 훌륭한 책은 사람입니다. 책을 통해 지식과 경험을 공유하듯이, ○○정보과학도서관은 대화할 기회가 거의 없는 분야별 멘토격인 사람책과 지역 이웃과의 만남을 이어주는 사람도서관을 열었습니다. 사람도서관은 우리 고장의 가장 큰 자산인 분야별 멘토 사람책을 주민과 이어주어, 인생과 직업 등 다양한 분야에서 건설적인 이야기를 나누도록 할 것입니다. 그렇게 함으로써 사람도서관은 지역사회의 공동체성을 더욱 강화할 것입니다. 우리는 사람도서관을 통해 지역의 미래가 더 단단해지기를 희망합니다.〉

이상은 ○○도서관의 '사람책' 광고문이다.

‘사람책을 빌려드립니다.’

위와 같은 광고를 본 나는 대체 이 제도가 무엇인가? 하는 호기심에 이끌려 ‘사람책’ 봉사에 발을 들여놓게 되었다. 이 제도는 ‘사람은 누구나 자기만의 경험과 지혜가 있는 한 권의 책이다’는 발상에서 시작한다. 또한 사람이 책과 같으니 책을 빌리듯 ‘사람책’을 빌려준다는 것이다.

한마디로 말하면 각 분야의 경험과 지식을 나누고 싶은 사람이 도서관의 ‘사람책’이 되면 시민이 ‘사람책’을 대여해 조언과 도움을 얻는 방식의 도서관 융합형 대출 서비스다.

이는 사회운동가 로니 에버겔이 2000년경 덴마크에서 열린 뮤직 페스티벌에서 처음 창안하였고, ‘리빙 라이브러리 (Living Library)’라는 명칭으로 이벤트를 시작했다. 이후 사람도서관은 유럽을 기점으로 시작해 전 세계에 빠른 속도로 확산되고 있다. 사람책 지원은 자신의 재능과 경험을 나누고자 하는 사람, 자신의 분야에서 즐겁게 일하고 있는 사람, 이웃에게 자신의 다양한 인생을 들려주고 싶은 사람, 남보다 앞선 체험을 누군가에게 알려주고 싶은 사람이면 누구나 참여할 수 있다.

작가인 나는 책을 출간하여 사람들에게 읽힐 일만 생각했지, 정작 사람이 책이 되어 자신의 지식과 경험을 나눌 생각은 하지 못했다. 광고를 본 나는 신선한 충격을 받았다.

‘그렇다면 내가 이웃과 나눌 수 있는 나만의 경험과 지식은 무엇이 있을까?', '멘토가 되어 줄 수 있는 종목은 무엇인가?' 자문해 보니 글쓰기 비법공유와 장르에 따른 진로 안내가 맞겠다는 생각이 들었다. 숫제 호기심에 이끌린 나는, 그런 연유로 지역 도서관의 '사람책' 중 글쓰기 분야의 멘토에 참여했다. 이것은 내가 글을 빼어나게 잘 쓴다기보다 글쓰기 분야에 있어서 각각의 특성과 진로를 몰라 헤맨 경험이 많기 때문이다. 과거를 돌아보면 누구 하나 멘토가 되어 나를 이끌어주지 않았다. 그 덕에 내가 좋아하는 '깜깜이 분야'를 홀로 개척하는 마음으로 이 자리까지 왔다. 그러기에 나를 대여하는 사람에게 경험과 지식을 아낌없이 나누어줄 생각이다. 그들은 단 몇 시간 동안 30여 년 동안 얻은 글쓰기 분야의 엑기스 같은 경험을 공유받아 답답함을 해소할 것이다.

나는 20대 중반부터 글쓰기 시작하여 약 30여 년의 경력이 있다. 그러기에 그간 각 장르의 글을 써보았다. 글쓰기에 무관한 학과를 전공 졸업하고, 적성을 찾아 충무로에 자리 잡은 한국시나리오작가협회의 영상작가 전문반까지 다닌 후, 20대에 MBC 극본 공모 결승까지 오른 경험을 시작으로 30대에 충남대 최원규 문예창작학과 교수의 추천으로 소설가 등단, 사단법인 시인 등단, 독립 영화 시나리오 작가, 중앙지 월간문학의 동화작가 등단, 일간지 기자까지 웬만한 경험을 다 해보았다. 하여 나만의 경험을 바탕으로 글쓰기 초보에서 글쓰기 전문분야에 이르기까지 충실한 안내자 역할을 할 것이다.

대출받음

작가 생활은 혼자 사색하고, 혼자 글 쓰고, 혼자 책 읽고, 혼자 쉬는 게 다반사다. 직장을 다니는 사람들과 다르게 혼자 지내는 시간이 많다. 그러니 작가라는 직업은 자기 제어 능력이 부족하고 성실하지 못하면 고독 속에 허우적거리다 망하는 직업이다.

게다가 출판 사정이 좋지 않은 요즘, 대다수 작가는 무전 선비와 같이 산소를 품어주고 쉴 자리를 내어주는 나무와 같은 역할을 할 뿐이다. 특히 순수문학 분야의 작가는 더욱 그렇다. 이유는 많은 고충과 노력으로 책을 생산한들 여러 영상 매체와 스마트폰에 떠밀려 소비가 둔하기 때문이다.

영상 매체가 발달하지 못했던 과거에는 어두워지면 할 일이 없었다. 호롱불이나 전깃불 밑에 책을 읽는 재미로 시간을 보냈다. 그러나 요즘 스마트폰 시대를 맞이해 종이책을 통한 독서가 많이 줄었다고 한다. 영화, 텔레비전, 게임, 여러 가지 볼거리와 놀 거리가 밤낮으로 넘쳐나는 세상이기 때문이다. 긴긴밤을 독서로 보내던 시대는 지난 것이다. 사기에 나오는 백이전을 1억 1만 3000번을 읽은 조선시대 독서왕 김득신이 요즘 세상에 태어났다면 과연 여러 가지 영상 매체의 유희를 이기고 여전히 독서왕이 되었을까 의문을 가져본다.

시대의 흐름도 있지만, 책의 소비가 둔한 데는 책이 쉽게 소비될 수 있는 콘텐츠가 아니라는 점도 한몫한다. 영화나 드라마 같은 영상 매체는 1시간 반 정도면 하나의 작품을 볼 수 있다. 가만히 앉아 졸지 않고 본다면 몇 달에 걸쳐 만든 한 편의 내용을 습득할 수 있다. 반면 보통사람이 책을 소비하는 데는 두 배에서 서너 배까지 시간과 노력이 든다. 내용을 습득하기 위해서 집중력과 자신의 몸을 긴장시키는 수고로움이 있어야 한다. 인문, 사회, 경영, 과학 분야 책은 며칠이 더 걸릴 수도 있다. 영화와 드라마는 이미지와 영상으로 다른 이들에게 내용을 알리지만, 책은 이미지나 영상이 없기에 오로지 활자라는 매체에 의존하게 된다. 아무리 좋은 책이라도 활자로 알려야 한다는 사실은 불리한 조건임에 틀림없다. 태어나서부터 영상에 익숙한 세대에게 책의 입지가 좁아지는 이유다.

영상 매체와의 경쟁과 책의 불리한 특성 외에도 책 출판 사정을 좋지 않게 하는 이유는 더 있다. 그것은 사회 시스템의 문제다. 책을 생산하는데 기초가 되는 작가에게 배분되는 이익이 적다. 어쩌면 책 생산에 있어 가장 중요한 위치의 작가는 먹이사슬

최하위에 위치한다고 볼 수 있다. 그런 이유로 전문작가보다 부업 작가가 많이 양산되고, 결국에는 뜻을 접고 다른 분야로 이직하는 작가가 속출한다. 물질 만능의 자본주의 사회에서 작가의 정신적 가치를 제값에 받기는 아직도 갈 길이 먼 것 같다.

그럼에도 불구하고 글쓰기는 여전히 중요하고 가치가 있다. 합리적인 사고의 정리와 효율적인 커뮤니케이션을 위해 더할 나위 없는 수단이기 때문이다. 또한 글쓰기는 억눌린 내면의 상처와 생각을 표현함으로 상처받은 자아를 치유 받을 수 있다. 여기에 자신만의 내면을 보편화로 승화시켜 독자에게 공감을 얻는다면 '훌륭한 글'로도 인정받을 수 있다. 이렇게 글쓰기는 자아를 실현할 수 있고 기쁨을 얻을 수 있는 도구이기도 하다. 또한 자기 삶을 스스로 쥐고 살아가는 기본 수단이며 더 나아가 리더의 기본 자질이기도 한 것이다. 말보다 명료하게 의사를 전달하는 '소통'의 단계로 나아갈 수 있기 때문이다. 어떤 분야에서든 리더의 기본 조건은 글쓰기가 필수적이다. 사고력과 관찰력, 더 나아가 통찰력이 뒷받침돼야 하기 때문이다.

하버드대학은 전공 불문하고 '글쓰기'를 가장 기본교육으로 생각한다. 세계적인 리더 양성을 위해 가장 필요한 자질이 글쓰기라는 것을 알고 있기 때문이다. 하여 입체적이며 구체적으로 글쓰기 교육을 한다. 우리나라도 과거와 다르게 인생의 길목마다 만나는 고등학교-대입-대학교-입사-직장생활 등에서 글쓰기는 필수가 되었다. 게다가 글쓰기는 영상 매체인 드라마나 영화, SNS, 블로그, 각종 실용문까지 기초 밑그림이 되고 뼈대가 되기 때문에 그 어느 때 보다 체계적인 교육과 분야별 안내가 필요하다.

집안에 깊숙이 들어앉아 집필로 시간을 보낼 때 누군가 책처럼 나를 대출했다. 도서관 홈페이지의 '사람책' 코너에 분류된 각 분야의 여러 멘토 중에 글쓰기 비법이 듣고 싶어 누군가 대여 신청한 것이다. 고요한 호수 같은 집에서 글쓰기 생활하던 나의 기분이 신선해졌다. 대여한 사람이 누굴까? 어떤 사람일까? 질문지를 받은 나는 호기심 가득한 마음으로 누군가를 위해 강의와 상담 준비를 해서 도서관 멘토실로 갔다. 스무 살을 갓 넘긴 여대생이 수줍게 인사를 했다. 여린 몸매의 여대생은 작가가 되고 싶다며 물었다. "제 나이에 어떤 경험을 해야 할까요?" 나는 오히려 '왜 작가가 되고 싶나요?'라고 되묻고 싶었지만, 시간 관계상 지극히 개인적인 질문은 뒤로하고 멘토의 모습으로 답을 시작했다.

♣ 글쓰기란

매일 글을 써라. 강렬하게 독서해라.
그리고 나서 무슨 일이 일어나는지 한번 보자.
(레이 브래드버리)

Q
좋은 글을 쓰기 위해서는
어떤 경험을 해야 좋을지 궁금합니다.

좋은 글을 쓰기 위하여 어떤 경험을 해야 할지 답을 먼저 말하면 글쓰기를 잘하기 위해서는 어떤 경험도 도움이 된다. 그러나 우리에게 시간과 비용은 제한되어 있다. 이 경험을 위해 인생의 시간과 비용을 한정 없이 쓴다면 그저 경험에 그치고 말 것이다.

글쓰기는 써야 한다. 그리고 써야 작가라는 말도 있다. 나쁜 글이든 좋은 글이든 써야 글이고 작가다. 그러기에 글쓰기는 다양한 경험도 중요하지만 먼저 쓰는 행위와 무슨 생각을 하느냐가 중요하다. 생각과 느낌을 소리로 표현하면 말이 되고 문자로 표현하면 글이 되기 때문이다. 그러니 글쓰기의 근본은 생각이다. 물론 경험, 체험, 이에 따른 지식을 소재 삼아 쓰는 글도 있다. 그러나 누구나 겪을 수 있는 이 경험과 체험에 자신만의 생각이나 깨달음이 있어야 가치가 있다. 이것은 실용문 포함 논리 글이나 문학 글 모두 해당한다. 좋은 글은 어떤 가치 있는 생각을 하느냐와 독자가 얼마나 공감을 하느냐에 따라 글의 가치가 달라진다.

그렇다면 가치 있는 생각을 풍성하게 하려면 어떻게 해야 하는가? 무턱대고 시간을 내어 어떤 생각을 해야 하는가? 생각에는 계기가 필요하다. 우리는 각종 책과 강의, 영상 매체, 사건과 경험을 통해 생각의 모티브를 얻는다. 이 생각이 무르익어 언어로 나오면 말이 되고 문자로 나오면 글이 된다. 말과 글이 이치에 맞고, 논리적이며, 누구나에게 공감을 얻으면 말을 잘하는 것이고 글을 잘 쓰는 것이다.

인생의 연륜이 짧은 사람이 좋은 글을 쓰기 위해 다양한 경험을 하려고 든다면 각종 체험이나 여행 등이 있을 것이다. 이것은 보통 시간과 비용이 많이 든다. 그러나 독서는 시간과 비용을 최소화하며 자신이 겪지 못한 타인의 경험과 지혜를 짧은 시간 안에 내 것으로 만들 수 있다. 그러니 지식과 경험이 많지 않은 사람이 짧은 시간 내에 좋은 글을 쓰기 위해서는 간접경험에 해당하는 책을 다양하게 읽는 것이 바람직하다. 또는 지식 집약적인 각종 세미나를 필기하며 듣는 것도 좋다. 그런데 이 모든 것을 읽거나 듣기만 하면 흘러가는 물처럼 잠시 적셔지기만 하고 내 것이 되지 않는다. 녹취까지는 아니더라도 핵심 정도는 따로 정리하는 습관이 글쓰기에 도움이 된다. 책을 읽지 않고 타고난 재능만으로 글을 잘 쓰는 사람은 드물다. 글쓰기 기술만 공부해서 글을 잘 쓰는 사람도 드물다. 스토리가 없기 때문이다. '아웃풋'

을 내려면 '인풋'을 해야 한다. 만약에 타고난 재능만 믿고 독서
와 지식 집약적인 세미나 혹은 다양한 경험을 통한 가치 있는 생
각을 게을리 한다면 성능 좋은 자동차에 기름이 부족하여 멈추
는 것과 같이 글쓰기도 멈추게 된다. 그러기에 독서야말로 좋은
글을 쓰기 위해 짧은 시간에 할 수 있는 최상의 경험이다.

Q
독서는 많이 하는 편입니다.
독서가 글쓰기에 도움이 될까요?
또 글쓰기를 위한 독서법은 무엇이 있을까요?

독서는 앞서 말한 것처럼 당연히 글쓰기에 도움이 된다. 그러나 독서만 하면 글쓰기에 도움이 되지 않는다. 그러기 때문에 어떤 글이든 직접 써 보아야 한다. 책 한 권을 읽었다면 독후감이나 줄거리를 써 보는 것도 좋고, 책의 내용을 모티브 삼아 자신의 경험이 녹아있는 수필을 붓 가는 대로 써보아도 좋다. 쓰는 행위가 중요한 것이다. 우리가 운동하는 사람을 보기만 한다고 해서 자신의 몸이 건강해지고 '몸짱'이 되는 것은 아니다. 마찬가지다. 다른 사람이 써놓은 책을 읽기만 한다고 해서 글을 잘 쓰는 것이 아니다. 자신의 팔다리를 직접 움직여서 운동해야 근력이 붙고 몸도 좋아지는 것처럼 글쓰기를 잘하려면 끝없는 관찰과 사고와 습작이 따라야 한다. 습관적인 관찰과 사고는 통찰로 이어져 결국 좋은 글을 쓰는 데 도움이 된다. '구슬이 서 말이어도 꿰여야 보배'라는 속담이 있다. 독서를 하면 머릿속에 지식의 구슬이 가득 차게 된다. 그러나 머릿속을 굴러다니던 지식의 구슬은 시간이 지남에 따라 망각이라는 블랙홀에 빠져버린다. 그러니 굴러다니는 이 지식의 구슬을 활자라는 매개체를 통해 모아야 하고 꿰어놓아야 한다. 그래야 어떤 모양이든 활용하여 결과물을 낼 수 있다.

독서 하다가 떠오르는 기발한 생각이나 반론 혹은 마음에 드는 문구나 간단한 줄거리를 핸드폰 메모장이나 독서 노트에 메모해 두고 글 쓸 때 활용해 보라. 메모는 그 자체가 습작이고 글감을 모으는 일이기 때문에 글쓰기에 있어 중요하다.

또한 독서는 어휘력과 문장력, 구성력을 학습하기에 탁월하다. 그러나 이 또한 독서만 한다고 해서 되는 일이 아니다. 어휘력과 문장력을 늘리고 싶다면, 적당한 책을 골라 천천히 반복하여 묵상하듯 읽거나 일정한 양만큼 문형을 분석하며 필사하기 권한다. 한 번 읽어 본 도서를 선택해 필사하다 보면 읽을 때 놓친 부분을 발견할 수 있을 것이다. 필사는 단기에 끝내려고 하는 것보다 하루에 5~10문장 이내로 꾸준히 손 글씨로 써가는 것이 중요하다. 빠르게 끝낸다는 마음보다 단어와 문장을 배우고 새긴다는 마음으로 천천히 곱씹으며 필사해야 실력이 는다. 읽기만 할 때 보다 훨씬 많은 것을 볼 것이다.

필사가 부담이라면 선택한 책을 여러 번 읽는 것도 좋다. 처음에는 목차를 통해 전체 구성을 훑어보고, 내용습득 후 문체를 분석하며 문단 구성으로 확대 분석해 읽어야 효과가 있다.

필자는 소설 쓰기 전에 작가별로 전체의 작품을 읽었던 기억이 있다. 박완서, 이문열, 박경리, 김진명, 김훈 등의 작품을 차례대로 모조리 찾아 읽었다. 이처럼 작가별로 작품을 찾아 읽으며 자신의 문체를 찾거나 만들어가는 것도 한 방법이지만, 한 권을 여러 번 읽어보는 것도 글쓰기에 도움이 된다. 책 속의 어휘를 다양하게 익히고 싶다면 네이버 사전 창에 단어를 쳐보라. 비슷한 말이나 순우리말, 그 쓰임에 대해 방대한 내용이 뜰 것이다. 이때 뜻을 자세히 읽어보고 비슷한 말과 문장 안에서 제각각 쓰임을 학습하고 내 것이 될 때까지 반복적으로 익혀야 한다. 이 방법을 습관처럼 반복하다 보면 어휘력이 늘 것이다.

창조는 모방에서 나오듯이 모방으로 시작하여 자신의 글쓰기 스타일을 찾으면 된다. 이것은 다만 문학에 국한된 것이 아니다. 논리 글에도 해당된다. 신문의 각 사설이나 유명한 논객들의 짧은 설명문이나 논설문을 뽑아 읽고 글의 틀인 구성을 분석하여 살펴보라. '의견-이유-사례-다시 주장', '주장-반대의견-반박근거-재주장', '관심유발-문제 제시-문제 해명-해명의 구체화-결론' 같은 몇 가지 유형의 패턴이 보일 것이다. 패턴에 맞게 자신이 주장하는 바를 대입해 글을 쓰다보면 자연스럽게 글쓰기 학습으로 이어질 것이다. 글쓰기를 잘하기 위해 무작정 독서 하는 것보다 목적의식을 가지고 하는 것이 좋다. 독서를 통해 모방하는 것을 두려워하지 말고 적극적으로 활용해야 실력이 는다. 그러기 위해서는 남의 글을 내 글에 활용하는 법을 익혀야 한다. 목차의 구성를 어떻게 짰는지 유심히 살피다 보면 작게는 글의 구성력을 크게는 책의 구성력을 갖출 수 있다. 게다가 꼭지 글마다 자기 생각을 대입시키다 보면 나만의 컨텐츠와 스토리가 생긴다. 자기 생각을 쓰기 시작하는 시점부터 모방이 아닌 창조에 해당한다. 책은 그냥 읽기보다 글을 잘 쓰기 위해서 모방의 읽기로 하면 글을 잘 쓸 수 있다.

(글쓰기에 대한 단상) 전문
'나는 왜 글을 쓰는가?'

요즘 등단 20년 만에 이 진지한 물음을 자신에게 던지고 산다. 소설가로 입문하고 무슨 벼슬이나 얻은 양 뛸 듯이 기뻤으나 알고 보니 그것은 밀림과 같은 문학의 숲으로 들어가는 첫 관문이었다. 등단은 문학이라는 밀림을 통과해도 좋다는 허가증 같은 것이었다.

밀림 같은 문학에 입문하는 사람 중에는 지름길을 찾아 비교적 수월하게 그 길을 통과하는 사람이 있다. 그러나 대부분 사람은 길을 잃고 헤매거나 혹은 가다 주저앉거나 다시 되돌아온다. 심지어는 힘에 부쳐 그 밀림 가운데 주저앉아 죽음에 이르는 이들도 있다.

또한 밀림 같은 문학의 숲을 통과하는 방법도 여러 가지다. 어떤 사람은 나침반을 들고 허리를 꼿꼿하게 세워 험난한 길을 홀로 통과하는가 하면, 어떤 이는 무리를 지어 놀며 가며, 더러는 반칙도 하며, 길을 가는 이도 있다. 우리는 이 다양한 사람들이 양산한 문학과 문학에 대한 그의 태도와 길을 가는 방법에 대해 쉽게 판단해 점수를 매길 수 없다. 과연 문학으로 가는 길은 어떤 형태든 밀림을 통과하는 것과 같다. 쉽고 만만하게 보았다가는 큰코다칠 일이다.

다음은 지극히 개인적인 생각이지만, 소설가들의 모임에 가면 문학과 삶에 지친 작가들의 모습은 어딘지 모르게 궁상맞고 우중충해 보인다. 어떤 소설가는 소설이 사람을 버렸다는 표현까지 쓴다. 많은 시간을 들이는 막노동 같은 소설 창작 활동이 한 번뿐인 한 사람의 인생을 버렸다는 것이다. 이런 말을 동료에게 들었을 때 어느 정도 공감이 되어 나도 몰래 고개를 끄덕였던 기억이 있다.

작가는 ≪노인과 바다≫에 노인처럼 거대한 물고기를 잡으러 파도치는 망망대해를 나서보지만, 물고기는 보이지 않는다. 바다 위를 떠다니던 노인은 우연히 마주친 5.5m 대형 청새치를 잡아보려고 한다. 손이 찢기고 파여 피가 난다. 밤낮으로 사투를 벌인 끝에 청새치를 잡은 노인은 작은 배로 청새치를 끌고 돌아오지만 피 냄새를 맡은 상어 떼가 그악스럽게 달려들어 물고기의 살점을 모두 뜯어먹는다. 결국, 배고픔과 피곤에 지친 노인은 거대한 뼈를 끌고 집으로 돌아오며 수십 가지 회한에 잠긴다.

'다시 화두로 돌아가서 문학이 망망대해 청새치를 쫓는 노인과 다를 바 없다면 나는 왜 글을 쓰는가? 왜 거대한 물고기를 잡

으려 하는가? 이 험악한 인생 속에 왜 그 험난한 문학인가?'

나는 문학에 입문한 지 20년 만에 이 아픈 질문을 다시 하기 시작했다. 글이 좋아 쓰지 않고는 못 견디는 타고난 본능 때문이었을까? 억울하고 답답한 게 많아 탈출구로 글을 썼을까?

어떤 소설가는 문학상을 타는 시상식에서 훈장 같은 흰 머리카락을 날리며 권력과 금력은 반짝하는 한때의 것이지만 '문력'이야말로 영원한 것이니 더 가치가 있다고 했다. 그렇다면 내가 글을 쓰는 이유가 자신의 자취를 영원히 남기고픈 인간 본성과 영원에 대한 욕구 때문인가?

얼마 전 문단 최고 원로 작가의 수필을 읽었다. 글을 쓰는 것에 대해 다음과 같이 언급하고 있었다. 이 땅이 천국이었다면 글을 쓸 필요가 있겠느냐는 것이었다. 아픔도 없고 고통도 없다면 문학이 필요하겠냐는 것이다. 문학이 삶의 고통과 아픔을 치유한다는 관점에서 일부 공감 가는 글이었다. 그러나 나는 왜 글을 쓰는가에 대한 이 어려운 질문에 대해 그 진중한 답을 아직도 고민 중이다.

요즘 스마트 폰 시대를 맞이해 독서가 많이 줄었다는 서점 주인의 걱정스러운 말을 들었다. 영화, 텔레비전. 게임 여러 가지 볼거리와 놀거리가 밤낮으로 넘쳐나는 세상이다. 과거에 할 일이 별로 없는 저녁이 되면 호롱불을 켜고 독서로 긴긴밤을 보내던 시대는 지난 것이다. 조선 시대 둔재 김득신은 밤낮을 가리지 않고 독서를 하는 독서왕으로 유명하다. 그는 사기에 나오는 백이전을 무려 1억 1만 3000번을 읽었다. 그는 머리가 나빠 같은 책을 수십 번 읽어야 겨우 머리에 들어오기 때문에 더욱 독서를 했다고 한다. 나는 김득신이 요즘 세상에 태어났다면 과연 스마트폰과 많은 여러 가지 유희를 이기고 여전히 독서왕이 되었을까 의문을 가져본다.

최근에 ≪젊은 날 이야기≫와 ≪고백≫이란 소설책 두 권과 그림 동화 ≪번개≫와 ≪하루살이의 내일과 메뚜기의 내년≫ 두 권을 시중에 내어놓았다. 독서를 많이 하지 않는 요즘 독자를 보며 내가 왜 글을 쓰느냐는 질문을 또다시 해본다. 미궁이다. 글 쓰는 게 좋아 여기까지 왔고, 이제 겨우 어떻게 달려야 하는지, 어떤 길로 가야 하는지 나침반을 보기 시작했는데, 주저앉을 수도 되돌아갈 수도 없다. 그러면서 나는 끊임없이 자신에게 질문을 던진다.

'나는 왜 글을 쓰는가?'

'…'

글은 文化이다. 글이 그대로 되는 것이 문화인 것이다. 그렇다. 작가는 사회의 문화를 창출하는 사람들이다. 그러기에 책임이 따른다. 나의 생각이 글이 되고 나의 글이 문화를 창출하는 힘이 된다. 그러기에 글쓰기는 힘들더라도 보람 있는 일이다. 비록 글 쓰는 활동이 몸과 시간을 갉아먹어 자신을 힘들게 하더라도 한 명 한 명의 독자와 공감대가 형성되어 훌륭한 문화를 이룬다면 나는 작가로서 여전히 글을 써야 한다. 그것이 내 삶의 기쁨인 것이다. 이것이 내가 글을 쓰는 이유가 아닐까 생각해 본다.

♣ 글쓰기 훈련

글쓰기는 글쓰기를 통해서만 배울 수 있다.
바깥에서는 어떤 배움의 길도 없다.
(나탈리 골드버그)

Q
글쓰기를 잘하려면 어떻게 해야 하나요?

글쓰기는 사무실이나 집에서 엉덩이로 쓴다는 말이 있다. 오죽하면 小設家의 '가'는 '집가'다. 글쓰기는 하루아침에 이루어지는 작업이 아니다. 글쓰기 방법을 배우고, 꾸준히 습작해야 한다. 그러기 위해서는 하루 중 일정한 시간을 정하고 원고지 10매씩 혹은 20매씩 쓴다는 규칙을 정해 실행해야 한다. 초보자가 약속 같은 규칙을 이행하기 힘들겠지만, 자신만의 루틴을 정해서라도 습관화시켜야 한다. 아침 식사하고 커피를 진하게 내려 마신 후, 컴퓨터를 켜서 오전 3시간은 무조건 글을 쓴다든지, 가벼운 산책 후에 반드시 일정한 시간 동안 작업을 한다든지 하는 자신과의 약속을 세우고 지키는 사람은 일정 기간이 지나면 글쓰기에 있어 전문가 수준까지 이를 것이다. 혼자 쓰기 부담인 사람은 각종 문화센터나 문학단체에서 여는 글쓰기 강좌를 수강하고 글쓰기 동아리나 모임에 참석하는 것도 좋다. 글을 합평해주는 모임은 글쓰기에 많은 자극과 발전을 줄 것이다. 그러나 글에 대한 동료의 평은 때에 따라 다를 수 있으니 혹평을 겁내지 말아야 한다. 또 칭찬에 우쭐하지도 말아야 한다. 혹평은 글쓴이에게 자신감을 잃게 만들고, 과잉칭찬은 글쓴이를 교만하게 만든다. 초보자는 교만과 열등 사이에 난 길을 넘어지지 않고 성실하게 가야 글쓰기 실력이 늘게 된다.

글을 잘 쓰려면 글쓰기에 대해 잘못 알고 있는 몇 가지 오해를 풀어야 한다. 흔히 글쓰기의 기본은 '다독, 다작, 다상량'이라 한다. 중국 송나라의 구양수가 제시한 '三多'에서 유래한 이 문장은 많은 이들이 첫 번째로 꼽는 글쓰기 지침이다. '많이 읽고, 많이 쓰고, 많이 생각하라.'는 맞는 말이다. 이 이상 더 좋은 방법이 어디 있겠는가? 그런데 '다독, 다작, 다상량'이라는 지침이 너무 광범위하고 추상적이지 않은가? 三多는 초보자가 글쓰기를 훈련할 때 어디서 시작하여 어떻게 끝내야 하는지 너무 막연하고 가는 길이 멀다. 이 방법은 글쓰기를 빨리 배우려는 이들에게 아득하기만 하다. 최고의 글쓰기 방법이 오히려 글쓰기를 소외시킬 수 있다. 이것은 등산을 시작해보려는 아이에게 대책 없이 태산을 보여주어 지레 겁을 먹게 하고 주저앉게 할 수 있다. 의지가 약한 아이는 "저 꼭대기를 가야 한다고요? 내가 왜요?"라며 포기할 수도 있다. 그러니 원하는 코스를 선택하게 하고 산책

하듯 길을 나서게 해야 한다. 가벼운 마음으로 길 모양과 나무와 꽃과 새를 보고 걷게 해야 한다. 그러다 보면 어느새 1차 목적지, 2차 목적지에 다다를 수 있다.

필자는 대여자의 질문이 포괄적이어서 글의 종류부터 분류해 본다. 글에는 실용문과 문학 글이 있다. 실용문은 논리 글을 포함한 자기소개서, 초청장, 광고문, 안내문, 편지, 일기, 보고서, 기획서, 이력서, 기행문, 설명문, 감상문, 논설문, 논술, 서평, 영화평이 있고, 문학 글은 시, 수필, 소설, 동화, 영화 시나리오, 등 장르별로 분류된다.

멘티는 글의 분류를 보고 먼저 자신이 익히고 싶은 장르를 정해야 한다. 대입을 준비하는 학생이라면 논술과 자기소개서가 필요하겠고, 회사원이면 광고문, 안내문, 보고서, 기획서가 필요할 것이다. 또한 순수 문학을 하고자 하는 사람이라면 시, 수필, 소설, 동화 중에서 자신에게 맞는 분야를 정해야 할 것이다. 분야를 정했다면, 분야 글의 특성을 학습하고 습작하면 된다. 그런데 보통 한 분야의 글쓰기 실력이 늘게 되면 다른 분야로 넘나들게 되고, 여러 분야에서도 글쓰기 능력을 보이는 게 보통이다.

문제는 장르 불문하고 글의 미학을 제대로 보여주고 싶다면 무엇보다 어떤 생각을, 얼마나 공감력을 가질 수 있게, 창의적으로 표현하느냐가 중요하다. 또한 글을 잘 쓰기 위해서는 확실한 논리력과 가치를 추구하는 신념과 독자로부터 상처받기를 겁내지 않는 혹은 부끄러움을 감내할 수 있는 용기까지 있어야 한다.

이런 것들이 갖추어졌다면 이제 주제를 정하고 글을 써보자. 아마도 글쓰기 초보자라면 글을 쓰는 데 있어서 서툴 것이다. 당연하다. 그러나 논리 글 포함 실용문 쓰기는 자동차 운전과 같은 기능이다. 문학 글 쓰는 작가처럼 타고난 어떤 재능이 필요하지 않다. 사실 타고난 재능을 가진 작가 또한 많은 습작을 거쳐 글다운 글을 써나가는 경우가 더 많다. 중요한 것은 원석을 어떻게 갈고 닦느냐에 따라 가치가 달라지는 것이다. 글을 잘 쓰고 싶다면 누구나 써야 할 만큼의 시간을 써야 한다. 글을 쓰는 실력은 자전거를 연습하듯, 수영을 연습하듯, 운전을 연습하듯, 연습량에 따라 달라진다. 처음엔 서툴러도 쓰고 또 쓰고 쓴 글을 여러 번 읽으며 퇴고하다 보면 어느새 글쓰기 실력이 늘게 된다.

말콤 글래드웰의 ≪아웃라이어≫에 의하면 '아웃라이어'란 '본체에서 분리되거나 따로 분류되어 있는 물건', '표본 중 다른 대상들과 확연히 구분되는 통계적 관측치'란 사전적 의미와 다르게 '보통사람의 범주를 뛰어넘는 특별한 사람'이라 정의한다. 책은 '아웃라이어'가 되는 여러 요인을 살폈으며, 그중 하나로 '1만 시간의 법칙'을 꼽는다. 이 개념은 사실 신경과학자 다니엘 레비틴의 연구 결과에서 나온 것이다. 연구 결과에 따르면 어느 분야에서든 세계 수준의 전문가, 최고의 마스터가 되려면 1만 시간의 연습이 필요하다는 것이다. 1만 시간은 대략 하루에 세 시간, 일주일에 스무 시간씩 약 10년을 연습한 수치다. 어떤 분야에 특별한 전문가가 되기 위해 공짜는 없는 것이다. 추사 김정희는 벼루 열 개 넘게 구멍이 뚫리고, 천 자루 넘는 붓이 몽당붓이 되도록 글을 썼다고 한다. 끝없는 정진의 결과가 추사체를 있게 한 것이다. 전문가가 되기 위해서는 그만큼의 시간과 노력을 투자해야만 하는 것이다. 자기 분야에서 최고가 되려면 연습과 노력은 필수인 셈이다.

이같이 타고난 재능을 소유한 작가도 습작이 필수인 것처럼 실용문 쓰는 초보자의 연습은 말할 필요도 없다. 글쓰기 초보자는 두려움과 불안함으로 가다 서다 가다 서다를 반복할 것이다. 그러나 초보자가 이 두려움을 극복하고 연습에 연습을 더한다면 어느새 글쓰기 분야의 베스트 드라이버가 되어있을 것이다.

그렇다면 글의 여러 장르 중에 논리 글 포함 실용문 쓰기 연습은 어떻게 해야 하는가?

먼저, 논리 글쓰기 훈련은 발췌와 요약에서 시작한다.

발췌는 여럿 중에서 필요한 것을 골라 추려내는 것을 말하고 요약은 텍스트의 핵심을 추리는 것이다. 훈련자가 적당한 책을 두고 이와 같이 발췌와 요약을 훈련하다 보면 어느새 논리 글쓰기에 최적화될 것이다. 즉 마음에 드는 적당한 책을 선정하여 한 쪽 면을 읽고 3줄로 요약하기, 필요한 부분 발췌하기 훈련을 해보라. 또, 여기서 그치지 않고 이를 바탕으로 자신의 논리 글을 써서 동료들과 나누고 토론하다 보면 글의 부족한 점이 보완되어 글 쓰는 실력이 늘어날 것이다. 텍스트를 요약하는 것은 논리 글쓰기의 첫걸음이다. 요약 연습을 통해서 논리 글쓰기 실력이 늘어난다.

그런데 텍스트를 잘 요약할 수 있는 능력은 어디서 나오는가? 독해력에서 시작한다. 독해력을 기르는 방법은 독서다. 그러니 먼저는 많은 책을 읽고 그 글을 이해하는 것이 중요하다. 이해가 되지 않은 상태에서 발췌와 요약하기는 어렵다. 이 일련의 과정이 닭이 먼저냐 달걀이 먼저냐와 같이 동시에 일어난다. 혹여 독서를 하는데 뜻을 이해하지 못했다면 '독서백편 의자현(讀書百遍意自現)'이라는 말처럼 어려운 글도 자꾸 되풀이하여 읽어서 그 뜻을 스스로 깨우쳐 알아야 한다. 막고 퍼내는 식으로 한다면 이해되지 않을 문장이 없다. 시간이 얼마가 걸려도 좋다. 이해할 때까지 반복해서 읽고 제대로 알고 넘어가는 것이 중요하다.

다시 말하면 논리 글쓰기의 시작은 요약이다. 독서의 요약은 독해력이 필요하다. 독해력을 늘리려면 책을 이해하며 읽어야 한다. 이해한 내용은 생각 주머니를 늘리게 되고 늘어난 생각은 글쓰기 연습을 통해 글쓰기 실력으로 연결된다. 글쓰기와 독서는 이같이 유기적으로 연결되어있다.

하여 독해력은 체력과 비슷하다고 말할 수 있다. 운동하면 할수록 체력이 늘어나듯이 독서를 하면 할수록 독해력도 늘어난다. 체력이 약한 사람은 어떤 스포츠도 잘할 수 없듯이 독해력이 부족한 사람은 글쓰기뿐만 아니라 논리적 사고를 요구하는 어떤 과제도 해내기 어렵다. 그래서 독해력은 학업성취와 연관되어 있다.

논리 글쓰기 능력을 단기간에 집중적으로 기르는 또 다른 방법은 신문 사설이나 논설문의 예시글을 뽑아 읽는 것이다. 논리 글을 읽을 때는 글을 자세히 분석하며 읽어야 하고, 결론을 어떻게 도출해 내는지, 글의 구조는 어떤 모양인지 살펴야 한다. 이것은 논리 글쓰기 패턴 연마에 해당한다. 그러나 글쓰기는 여기서 끝나지 않는다. 패턴이라는 그릇 안에 담길 지식과 자신만의 생각이 있어야 한다. 논리 글쓰기를 연습할 때 마음에 드는 유명 논객의 글을 골라 자신이 말하고자 하는 생각을 주장—근거—반론—재주장이나 혹은 주장—이유—근거와 예시—재주장이나 혹은 주장—반론소개—반박 등 여러 가지 유형 중 하나를 선택하여 순서대로 대입해보라. 반복하여 연습하다 보면 효과적인 글쓰기 훈련이 될 것이다. 하여 글쓰기에서 이 같은 패턴 학습은 큰 문제가 되지 않는다. 학습하고 연습하면 된다. 문제는 사회 정치적 현안이나 자연 과학의 쟁점에 대해 말할 때 자기 생각을 이야기하지 못하는 사람이 많다. 생각을 글로 옮기라고 하면 더 어려워진다. 이유는 해당 분야의 지식과 개념, 어휘를 몰라서 그런 경우가 많다. 뭘 몰라서 말도 못 하고 뭘 몰라서 글도 못 쓰는 것이다. 해당 자료를 모아 생각을 정리하다 보면 말도 잘하게 되고 글도 잘 쓰게 된다. 그러니 글쓰기는 패턴만 연마한다고 되는 것이 아니다. 독서나 강의로 얻은 지식과 이에 따른 자신만의 생각이 있어야 하고, 이에 논리력을 갖춘 글쓰기로 이어져야 좋은 글이 된다. 이렇게 쓴 글은 노래와 다르지 않다. 글에 운율이 있어 매끄럽게 읽히면 잘 쓴 글이다. 논리 글쓰기에서 한 가지 주의해야 할 점은 문맥에 맞지 않는 현학적인 지식과 멋진 어휘, 화려한 문장을 자랑한다고 해서 훌륭한 글이 되는 것은 아니다. 어떤 분야를 막론하고 독자에게 공감을 주어 마음을 움직인다면 그것이 좋은 글이며 잘 쓴 글이다.

다음은 글쓰기에 대해 잘못 알고 있는 오해를 풀고 글을 잘 쓰는 방법 몇 가지를 익혀보자.

◆ 분명하고 쉬운 글을 쓰자

글 초보자는 글쓰기가 두렵고 어려운 일이다. 어디서 시작할지 막연하다. 키보드 앞에서 한없이 시간을 보내며 생각을 배회한다. 쓸 거리가 생각나지 않고 뭘 써야 할지도 모른다. 이유가 무엇일까? 초보자가 글쓰기 어려운 것은 대개 글을 잘 쓰기 위해 멋진 표현을 생각하거나 아름다운 문장을 구사하려고 하기 때문이다. 우리는 글이 아름답고 고상하며 고급스러워야 한다는 생각을 은연중에 가지고 있다. 글을 쓴다는 행위를 대단한 일로 여긴다. 게다가 더 큰 문제는 글로 자신을 멋지게 포장하려고 든다. '좋은 글'에 대한 이런 강박관념은 글쓰기를 더 어렵게 하고 소외시킨다. 초보자는 글을 잘 쓰기 위한 허영 섞인 욕심과 심적 부담감을 내려놓아야 한다. '글은 말과 같이 커뮤니케이션의 수단이다.' 말과 다를 바 없다. 글은 개개인의 의사를 효율적으로 전달하는 일종의 도구이므로 메시지를 잘 전달하면 좋은 글이 된다. 이 기본 개념이 바로 잡히면 글쓰기가 쉬워진다. 글을 꾸며주는 은유나 비유와 같은 수사법은 그다음 이야기다. 수사법에 비중을 두면 주객이 전도된 것이다.

'글에 꼭 들어가야 할 핵심 내용이 무엇인가?', '하고 싶은 말이 무엇인가?', '어떤 점을 강조할 것인가?', '어떻게 써야 상대를 이해시킬 수 있을까?' 따위의 고민이 먼저다. 이것이 '어떤 미사여구로 멋진 표현을 쓸까?' 보다 앞서야 한다. 그게 우선이다. 이는 민낯이 고와야 화장이 잘 먹는 것과 같은 이치다. 내용 없이 포장만 그럴싸하고 화장만 덕지덕지 칠하면 독자는 속았다는 기분까지 든다. 민낯의 건강함이 먼저이며 화장은 다음인 것이다. 우리에게 필요한 것은 어렵고 멋진 글이 아나라 분명하고 쉽게 이해할 수 있는 글이다. 고급스러운 글이기 이전에 명료한 글이고, 뛰어난 글에 앞서 자연스러운 글이다. 바로 이것이 글쓰기의 첫 번째 조건이다. 과거에도 글쓰기의 미덕은 이해하기 쉽고 분명하게 쓰는 것이었다.

알베르 카뮈는 '분명하게 글을 쓰는 사람에게는 독자가 모이

지만, 모호하게 글을 쓰는 사람에게는 비평가만 몰려들 뿐이다.'
고 했다.

수사법을 사용한 모호하고 어려운 글쓰기보다 분명하고 쉬운 글을 써보자. 부담감을 내려놓고 호흡을 가다듬은 후에 곧바로 글을 써보자. 무엇을 쓸까 생각하다 아이디어가 떠오르는 순간, 신속하게 초안을 써 내려가자. 글을 쓰고자 하는 사람은 글에 대한 무게감을 털어버려야 한다. 초보자는 그 지점에서 시작해야 한다. 처음부터 잘 쓸 수 없다.

글을 아예 못 쓰는 부류는 보통 '난 글하고 거리가 멀어. 글은 어렵고 난 정말 못써'라고 생각하며 마음을 닫아버린다. 첫 문장 하나 써놓고 생각은 허공을 헤맨다. 이런 사람들은 하고 싶은 말을 정리하여 친구에게 말하듯이 먼저 말해보라 그러고는 그 내용을 글로 써보라. 엉켰던 실타래가 풀리는 것처럼 길이 보일 것이다.

◆줄거리부터 시작하자

초·중·고등학교 작문시간에 많이 듣던 말이 '네 느낌과 생각을 써봐'이다. 학생은 고심하여 느낌과 생각을 쏟아낸다. 그러나 그것은 '기분 좋았다', '싫었다', '화났다'. '슬펐다' 등 고작 몇 줄의 글뿐이다. 더 생각나는 느낌이 없기 때문이다. 사실 글쓰기

초보가 '생각 쓰기'를 차원 높게 쓰는 것은 어려운 일이다. 그러니 글쓰기 주문에서부터 문제가 있는 것이다. 일기나 감상문을 못 쓰는 아이들은 글쓰기 주문에 충실하게도 느낌을 나타내는 단어들만 잔뜩 나열하다 그치기 때문이다. 이런 글은 결국 좋은 글로 평가받지 못한다. 글에는 소감 외에도 배경과 줄거리가 들어가야 한다. 왜 기쁜지, 왜 슬픈지, 무슨 일이 있었는지, 독자가 이해할 수 있게 써줘야 한다. 글에 필요한 이런 요소를 빼놓고 소감과 느낌을 쓰라고 하면 안 된다. 따라서 생각을 나타내기 이전에 전후 상황과 현상을 설명하는 것이 필요하다. 이 방법은 글쓰기에 매우 효과적이다. 자신의 느낌과 생각만을 쓰기보다 배경이나 사건의 전후 설명으로 생각을 확장하다 보면 훨씬 발전 있는 글쓰기가 될 것이다.

우리나라는 글쓰기에 대한 잘못된 편견과 선입견을 가지고 있다. 학생들에게 글쓰기란 감상문이나 작문 혹은 논술 같은 것이라는 인식이다. 광고문 쓰기, 자기소개서 쓰기, 보고서 쓰기 등 실질적으로 일상에서 쓰는 실용적 글쓰기의 범주에 들어가는 내용이 글쓰기 교육에 소외되어있다. 그러나 미국 중·고교에선 다르다. 모든 일이 글쓰기를 해야 진행된다. 대학교육에서 글쓰기의 중요성은 더하다. 글쓰기는 문학에 한정되어있지 않고 각 과 마다 기본교육에 깔려 있다. 우리가 매일 밥을 먹는 것처럼 미국인에게는 글쓰기가 일상이다. 프로그램 또한 체계적으로 잘 짜여있고 글쓰기를 실용적으로 활용할 수 있도록 지도한다.

우리나라 글쓰기 교육도 사회의 다른 교육처럼 체계화할 필요가 있다. 음악이나 미술, 체육은 훈련 방법이 있다. 예컨대 피아노는 바이엘과 체르니를 거쳐 피아노 연주에 숙달된다. 연습한 양만큼 실력이 늘어나게 된다. 미술도 데생이나 스케치, 정물화, 수채화와 같은 연습을 통해 실력을 쌓는다. 유명한 화가들도 다 그런 기초 과정을 거친 후 자기 세계를 창조한다. 뿐만 아니라 체육 선수도 각 종목에 맞는 기초를 배우고, 연습을 통해 유명 선수가 된다. 이것이 당연하다. 이제는 글쓰기 교육도 다른 예체능 종목처럼 전문화, 체계화해야 한다. 사회에서 늘 써야 하는 리포터와 보고서, 설명문과 같은 실용문 교육을 우선해야 하고 학생 수준별로 영역을 확대해야 한다. 또한 이를 담당할 전문적인 인력과 체계화된 커리큘럼도 세워야 한다. 그러나 현실은 입시 대비를 위해 작문과 논술 등 사교육이 성업하고 있다. 공교육에서 실용적 글쓰기보다 입시용 작문이나 논술을 우대하다 보니 대다수 학생을 위한 글쓰기 훈련에 오류가 생겼다. 이제라도 글쓰기 교육을 체계화시키고 바로 잡아야 한다. 아이들이 창의적인 글을 쓸 수 있도록 이끌어야 한다는 점은 두말할 필요 없이 중요하지만, 실생활 속에서 생각을 표현할 수 있도록 글 문을 틔워주는 체계적인 과정이 필요하다. 기초적이고 실용적 글쓰기 교육을 시작으로 한 걸음 한걸음 내딛는 걸음마 교육이 먼저인 것이다.

◆ 소소한 일상부터 쓰자

학교나 문학단체의 백일장 같은 행사에서 일정한 주제나 소재를 정해주면 그에 맞는 글을 써서 제출한 기억이 한 번쯤 있을 것이다. 이를테면 '숲', '환경오염'이라는 제목이 제시되면 글짓기를 하는 식이다. 그런데 타고난 소질이 없거나 글을 많이 써보지 않은 이들에게 이 같은 작문 교육은 여간 힘든 것이 아니다. 이때 많은 학생은 머리를 싸매고 먼 산만 보다 겨우 써낸 숙제를 제출하고 도망치는 일이 다반사다. 이런 방식의 백일장은 글을 잘 쓰는 몇몇 친구들을 가려내기 위한 대회이며 줄서기로, 대다수 학생에게 좌절을 줄 뿐이다. 글쓰기를 잘하는 사람을 칭찬하기 위한 교육이지 잘하지 못하는 사람을 이끌어주는 교육이 아니다. 펜을 굴리며 글을 잘 쓰는 친구를 구경하던 학생에게 '글쓰기는 어려운 것', '타고난 소질이 없어 나랑은 안 맞는 것'이라는 생각이 무의식 속에 생기게 된다. 이처럼 글쓰기에 마음 문을 닫게 만드는 것은 '글쓰기는 작문이다.'로 생각해버리는 일이다. 작문이 소소한 일상을 표현하는 것이 아니라 대단한 무엇인가를 창조해내는 작업이란 인식이 박히면 글쓰기에 장애가 된다. 때문에 글쓰기는 무엇을 써야 하는지 소재나 주제를 찾는 일부터 난관에 봉착한다. 그러나 이제부터 보편적 글쓰기 교육을 위한 글쓰기는 고귀하고 멋진 일을 쓰는 것이라는 짐을 덜어내도록 교육해야 한다. 글쓰기를 잘하기 위해서 뭔가 대단한 것으로 골머리를 앓기보다 조금 힘을 빼고 소소한 일상부터 쓰도록 해야 한다.

블로그를 운영했던 소설가 김연수 작가는 '도대체 어떻게 매일 글을 쓰세요?'라는 질문을 자주 받았다고 한다. 블로그를 운영하려고 해도 매일 어떤 글을 써야 할지 몰라 답답해하는 사람이 많다는 것이다. 그럴 때 김연수 작가는 그냥 내가 경험한 이야기를 전부 쓴다고 말한다. 소소한 일상부터 꾸준히 글을 쓰다 보면 그 글이 더 좋은 글을 쓰는데 자료가 되는 것이다.

과거에는 작가나 기자만이 글을 생산했다. 요즘엔 사정이 다르다. 스마트폰과 컴퓨터의 보편화로 누구나 글을 써서 인터넷에 올릴 수 있다. 실시간에 소통도 가능하다. 온라인을 통한 글쓰기는 작가나 기자, 그리고 일반인의 경계를 무너뜨리고 있다. 일반인이 좋은 글을 쓰고자 한다면 일상의 작고 따뜻한 이야기를 소재 삼아 거기서부터 글쓰기를 시작하는 게 좋다. 영화 '기생충'으로 92회 아카데미 감독상을 받은 봉준호 감독은 마틴 스코세이지의 '가장 개인적인 것이 가장 창의적인 것이다.'는 말을 인용하여 수상 소감을 전했다. 이처럼 평범하고 개인적인 이야기지만, 옆 친구에게 공감되는 내용을 솔직하게 쓰다 보면 '감동적이다.' 혹은 '글을 잘 쓴다.'는 말을 들을 수 있을 것이다.

◆ 장문이 아닌 단문 쓰기부터 시작하자

글쓰기에 자신이 없다면 장문보다 단문 쓰는 습관을 들이는 게 좋다. 글쓰기 초보자에게 장문 쓰기는 글쓰기를 어렵게 한다. 장문 쓰기는 뜻을 전달하다 방향을 잃을 수 있다. 그러므로 길어진 글은 끊어주는 것이 유익하다. 글을 길게 쓰는 습관은 수식어를 동원해 멋있게 쓰려는 생각과 여러 가지를 동시에 말하려는 의도가 깔려 있다. 그러나 그렇게 하다 보면 문맥을 잃고 헤매는 경우가 많다. 주어와 술어가 맞지 않는 비문일 경우가 많고, 말하려는 논지도 흐려진다. 이런 문장은 글을 쓴 사람이나 독자 모두 이해도를 떨어트린다. 이런 글은 좋은 글이 못 된다. 뜻을 선명하고 쉽게 전하기 위해서는 단문 쓰기부터 시작하는 것이 좋다. 장문 쓰기가 습관이라면 초고를 다 쓴 후, 퇴고할 때 문장을 나누어보라. 문장이 담백해지고 분명해지는 것을 느낄 수 있다.

단문 쓰기의 규칙은 다음과 같다. 첫째, 한 문장이 두세 줄을 넘지 않도록 하는 게 좋다. 둘째, 한 문장에는 하나의 이야기만 거론하는 게 좋다. 셋째, 한 문장에 주어는 하나로 하는 게 좋다. 넷째, 문장이 길면 잘라서 두 문장으로 만든다. 이때 주의할 점은 적당한 접속사를 이용해 앞뒤 문장을 자연스럽게 이어주는 것이다.

글쓰기 초보자는 처음에 단문 쓰기로 글을 익힌 후에 장문 쓰는 쪽으로 나가는 게 좋다. 글쓰기가 숙련되었다면 문단에 맞게 장문과 단문을 혼합해서 써보라. 문맥이 지루하지 않고 리듬감이 살아 멋진 글을 완성할 수 있다.

◆ 글쓰기는 기술이지만 그 이상이다

작가들은 지독한 글쓰기 광이다. 소설가 한승원은 ≪글쓰기 비법 108가지≫에서 자신의 글쓰기를 다음과 같이 소개한다.

"나는 글쓰기에 미친 사람이다. 미쳐야 이룩할 수 있는 법이다. 모름지기 글을 잘 쓰려면 마음속에 착함과 진실함이 담겨 있어야 한다. 다음은 글쓰기에 미쳐야 한다. 미친다는 것은 그것이 아니면 죽는다는 생각으로 매진하는 것이다."

작가적 글쓰기를 어디 한 번 해볼까 하는 가벼운 마음으로 덤볐다가는 실패하기 쉽다. 어떤 분야의 전문가가 되기 위해서는 그만큼의 노력이 필요하다. 글쓰기 실력은 쓰면 쓸수록 는다. 고치고 또 고쳐서 거침이 없을 때까지 수고와 노력을 해야 한다. 공으로 얻어지는 것은 없다. 글을 잘 쓰기 위해서는 먼저는 마음을 바로 가지고 그 다음은 쓰고 읽어 보고, 고치고 쓰기를 반복해야 한다. 태어나면서부터 글을 잘 쓰는 작가는 드물다. 부단히 쓰고 고치기를 반복하여 글 잘 쓰는 작가가 되는 것이다.

김연수 소설가는 한 출판 기념회에서 이렇게 말했다. "그 당시 도서관 정기간행물실에 자주 갔습니다. 아침에 늦게 일어나다 보니 학생들이 없는 곳은 정기간행물실밖에 없었거든요. 이곳에서 문예지를 읽기 시작했습니다. 평론을 읽는데 무슨 말인지 전혀 모르겠더군요. 이 평론들을 이해하고 싶다는 생각이 들어서, 평론에 실린 작품들을 하나하나 찾아서 읽기 시작했습니다. 두 달 정도 그렇게 글을 읽다 보니까, 영향을 받기 시작했습니다."

다음은 드라마 작가로 유명한 김은숙 작가의 인터뷰다. "고등학교 졸업하고 직장에 다니면서 책을 많이 읽었다. 내게는 현실을 도피하는 방법이 책밖에 없었다. 토지, 태백산맥, 아리랑을 비롯한 오정희, 신경숙 작가의 책을 섭렵했다. 신경숙 작가가 서울예대 문창과를 나온 것을 알게 되면서 이 사람처럼 되려면 그 대학을 가야겠다고 생각해서 스물다섯에 서울예대 문창과에 입학했다."

이 사례들은 작가가 되기 위해선 어떤 특별한 경험이나 계기가 필요함을 보여주고 있다.

초보자가 글을 못 쓰는 이유는 두 가지다. 쓰는 방법을 제대로 배우지 않았거나 많이 써보지 않았기 때문이다. 두 가지 경험 중 하나라도 충족되었다면 글쓰기가 더 능숙해질 수 있다. 사회 모든 부분이 그렇듯 자주 교육을 받고 자주 경험해본다면 못

할 이유가 없다. ≪탤런트 코드≫는 성공의 공식을 제시한 책이다. 책은 재능이야말로 실은 '점화-코칭-심층연습'이란 세 가지 과정을 거쳐 성공에 이른다고 말한다. "교육은 들통을 채우는 것이 아니다. 불을 붙이는 것이다."고한 예이츠의 말처럼 자신을 폭발시킬 점화장치를 찾고 거기에 불을 붙이는 것이 중요하다. 이것은 다른 말로 표현하면 재능을 찾고 동기부여 하는 것이다. 여기에 전문가의 교육과 끊임없는 연습이 더하여 자신이 가진 숨겨진 재능이 화려하게 발휘된다. 누군가의 글을 읽고 먹먹한 감동으로 '멋진 글' 쓰는 꿈을 꾸었다면 자신의 재능을 발휘하기 위해 전문적인 교육과 끊임없는 연습이 필요하다. 앞서 말한 두 작가의 경우도 다를 바 없다. 다른 훌륭한 작가의 작품으로 잠재된 재능에 불을 붙이고 교육과 끊임없는 습작으로 결과를 일궈낸 것이다. 스포츠, 문화, 예술 각 분야의 영웅에게 자극받은 키즈들이 재능에 불을 붙이고 전문적인 강습을 받은 후, 끊임없는 연습으로 좋은 결과를 얻는 것처럼 글쓰기에도 이 법칙이 적용될 수 있다. 자극을 받고, 좋은 글쓰기 선생을 만나 배우고, 강도 높은 습작을 하면 누구나 훌륭한 작가가 될 수 있다.

◆퇴고가 진짜 글쓰기다

작가를 지망하는 사람들은 문학 분야별 공개 공모에 자주 응

모한다. 그럴 때 당선자가 조언하는 말이 있다. 한번 떨어졌다고 포기하지 말고 소재만 좋다면 같은 작품을 여러 번 수정하라는 것이다. 글쓰기에서 퇴고는 그만큼 중요하다. 명품에 해당하는 물건도 마무리가 덜 되었다면 명품이 아닐 것이다. 마찬가지다. 글을 얼마만큼 퇴고하느냐가 글의 가치를 달리할 수 있다. 퇴고하는 방법에는 혼자 여러 번 읽고 고치는 방법이 있고, 가까운 친구나 가족에게 피드백을 받는 방법이 있다. 혼자 퇴고할 때 주의할 점은 끝까지 글을 마무리하고 퇴고하는 것이 좋다. 글 쓰는 도중에 다시 앞으로 가서 퇴고하는 방법은 좋지 않다. 가까운 친구나 가족에게 피드백 받을 때는 의견이 다양할 수 있다. 이때 다양한 피드백 내용 중 옥석을 가려 선택하는 것은 순전히 작가의 능력이다. 피드백을 받아 글을 더 좋게 할 수도 있고 더 나빠지게도 할 수 있기 때문이다. 그러나 글 내용을 이해하지 못하겠다는 피드백은 대부분 받아들이는 것이 좋다.

글이 써지지 않을 때는 글을 한참 묵혀두고 다시 쓰는 방법이 있고 레이먼드 챈들러가 소개한 두 시간 동안 아무것도 하지 않고 생각이 날 때까지 버텨보는 방식도 있다.

Q
글쓰기에도 단계가 있나요?
있다면 단계별로 중요한 것은 무엇이 있나요?

등산 초보자는 묵묵히 걸음을 옮기는 노력으로 정상에 올라 산의 생김새를 볼 수 있다. 오르는 동안 몸을 누르는 피로에 금방이라도 드러눕고 싶은 충동이 든다. 그러나 숨을 고르고 허리를 다시 펴서 끊임없이 정상을 향해 걸음을 옮긴다. 목적지에 다다른 등산자는 큰 숨을 몰아쉬고 산 지형을 훑어본다.

'아, 내가 저기를 지나왔구나! 산 모양이 이렇구나!'

이렇게 안내자 없이 등산한 초보자는 산속을 헤매다 정상 언저리에 오르고서야 산세가 어떤지, 지름길이 어딘지 알 것이다.

글쓰기 초보자가 글쓰기에 앞서 전체 모습을 안내받고 싶다고 질문했다. 그러나 글쓰기 개요에 해당하는 산세를 안내받고, 등산하는 법을 배워, 그 산을 타는 것은 자신의 몫이다. 다만 산을 오를 때 대략이나마 길을 알고 오른다면 헤매는 시간을 줄일 것이다. 그런 의미에서 글쓰기 산에 오를 때 알아야 할 핵심이

되는 방법을 짚어보자

◆좋은 글감을 찾는 것이 먼저다

글쓰기의 처음은 보편적이나 창의적인 판단으로 세상 속에 녹아있는 핵심이 되는 글감을 찾는 일이다. 이것이 가장 중요하다. 무엇을 쓸 것인가를 결정하는 것은 무엇보다 중요하다. 어떤 글감을 고르느냐에 따라 결과물이 달라지기 때문이다.

우리는 눈을 통해 세상을 본다. 눈으로 신문과 방송을 보고 집을 나서면 거리의 사람을 본다. 눈으로 본 세상은 시신경을 통해 뇌로 전달되고, 우리의 뇌는 그에 따라 생각하고 판단한다. 그런데 뇌의 판단을 이끄는 것은 이제까지 쌓아온 우리의 지식과 경험, 감정이다. 이 모든 것이 복합적으로 작용해 핵심이 되는 글감을 고르고 창조적 글쓰기로 이끈다. 결과적으로 글감을 고르는 감각은 글쓰기 능력으로 이어진다.

책상을 하나 만든다고 치자. 목수는 가공하기 쉽지 않지만, 내구성이 뛰어난 하드우드를 선택할 것인지, 가공성이 뛰어나지만, 조직이 연한 소프트우드를 선택할 것인지 정해야 한다. 또한, 하드우드인 오크나무, 티크, 애쉬 중에 무엇을 선택할지 소프트우드인 삼나무나 스프러스 중에 무엇을 선택할지도 중요하다. 원목의 성질과 특성에 따라 책상은 다르게 나오기 때문이다.

글쓰기도 이와 같다. 글감으로 무엇을 선택하느냐에 따라 글이 달라진다. 글감에 따라 글이 훌륭하게 나올 수도 있고 그렇지 못할 수도 있다. 글쓰기의 가장 중요한 첫 번째는 핵심이 되는 글감을 찾는 것이다. '무엇을 쓸 것인가?'는 중요하다. 그런데 글감을 잘 찾으려면 글감 보는 눈이 있어야 한다. 훌륭한 목수는 원목을 알아보는 눈이 있듯이 글쓰기의 달인도 글감 보는 눈이 있다. 뛰어난 작가는 어디에 흥미로운 글감이 많은지 무엇이 좋은 글감인지 본능적으로 알고 글감을 낚는다. 또한, 작가는 습관적으로 예리한 관찰자다. 커피숍에 앉아 무심코 창밖을 보거나, TV나 신문을 볼 때도 동정을 살피며 사색한다. 그러고는 평범한 대상에서 비범한 무엇을 찾아낸다. 예를 들어 커피숍 화장실에 들러 볼일을 보고 나오는데 세면대에 선 한 여자가 울먹이며 통화하고 있다. 작가는 그냥 지나치지 않고 여자가 왜 울까? 생각한다. 남자에게 버림받았을까? 사연이 무엇일까? 작가는 손을 씻으려다 우연히 더는 못 기다린다는 여자의 말을 듣는다. 관찰자인 작가는 그 한마디에 자문자답하며 여러 가지 경우의 수를 펼치며 다양한 상상을 한다.

시나리오 작가이자 감독인 최동훈 감독은 영화 '암살'의 모티브는 이름 없는 독립군의 사진 한 장에서부터 시작했다고 말한다. 최동훈 감독은 한 장의 사진을 보고 '자신에게 주어진 운명이 있고, 흔들림 없이 그 운명 속으로 걸어가는 한 사람의 이미지를 떠올렸다'고 한다.

　이같이 글감을 찾는데 평범한 일상과 사람, 사회, 역사, 종교, 사진 한 장, 문구 한 줄까지 눈과 귀를 열어놓아야 한다. '이게 뭐지?' '이게 뭘까?' '좀 이상하네?' '무슨 일이지?' 하는 마음은 소재 찾기에 도움이 된다. 그러나 너무 특별한 소재를 찾아 헤매다 보면 정작 글을 못 쓸 수도 있다. 그러니 낯익은 현상을 낯설게 보는 게 중요하다. 내 주변에 신기한 일이 없다면 부조리한 일, 비상식적인 일, 말도 안 되는 일을 찾아보라. 찾아낸 글감으로 써낸 글이 많은 사람에게 공감과 호응을 받을 때 작가는 빛을 발한다. 실력 있는 작가는 때때로 솜씨 좋은 요리사처럼 흔한 글감으로 내공과 감각을 이용해 훌륭한 글을 쓰기도 한다.

　좋은 글감을 찾기 위해서는 이처럼 사물을 보는 날카로운 눈과 마음, 집요한 관찰력, 예민한 감각이 필요하다. 좋은 글감을 찾는 것은 글쓰기에서 핵심을 찾는 것이다. 원목에 해당하는 이 핵심 글감을 글의 성격에 맞게 찾아야 '좋은 글'을 쓸 수 있기 때문이다.

　글쓰기가 안 되는 데엔 두 가지가 있다. 뭘 써야 할지 모르거나, 쓸 것이 너무 많아 못 쓰는 경우다. 모두 글감 찾기에 문제가 있는 것이다. 전자라면 보고 겪은 것 속에서 어떤 일이 가장 생각이 나고 인상적이었는지 생각 주머니에서 꺼내 보라. 우선 끌리는 부분이 핵심 되는 글감이다. 또 후자라면 수많은 생각 중에서 가장 기억에 남는 걸 하나 골라보라. 그것 역시 핵심이 되는 글감이다.

글감을 잡은 다음 해야 할 일은 근거를 밝히는 일이다. 다시 말해 글감에 관련된 내용이나 배경, 이유를 글에 반영하는 것이다. 그래야 읽을거리가 풍요로워지고 독자가 글을 이해하기 쉬워진다. 그렇게 차근차근 글을 풀어가다 보면 한 편의 근사한 결과물이 나온다.

◆ 거창한 주제의 중압감에서 벗어나라

글쓰기에서 주제는 글의 중심축이 되는 생각을 말한다. 좋은 글을 쓰려면 '무엇에 대해 쓸 것인가', '무엇을 말할 것인가'에 해당하는 주제를 잡아야 한다. 그런데 여기에 문제가 하나 있다. 주제 잡기가 쉽지 않다는 것이다. 글쓰기 초보자는 주제란 단어에서 대단한 무언가를 생각한다. 그러기 때문에 창의력이 주제의 무게감에 눌려 제대로 발휘되지 못하는 경우가 많다. 예를 들어 주제라 하면 '사랑의 의미'라든가 '거룩한 희생', '인간성 회복', '삶의 성찰' 같은 거창한 무엇을 생각한다. 멋지고 대단한 주제를 잡아야 한다는 생각은 글쓰기를 어렵고 힘들게 한다. 주제를 잡는 것부터가 일이다. 글쓰기를 잘하기 위해서는 주제의 압박에서 벗어나야 한다. 그러기 위해서는 주제를 정하고 그에 맞는 글감을 찾기보다 글감을 잡고 여기에 어떤 주제를 부각할 것인가를 생각하는 것도 한 방법이다. 이렇게 하면 글쓰기가 훨씬 쉬워지고 다양한 글을 쓸 수 있을 것이다. 무거운 주제의 틀에 갇혀 꼼짝 못 하기보다 좋은 글감 고르기로 시작하여 공감 받을 수 있는 창조적 글쓰기를 하면 글쓰기가 좀 더 쉬워질 수 있다. 또한 이는 요즘 문단의 글쓰기 추세이기도 하다.

◆ 글의 기본 구조를 활용하라

집에 구조가 있듯이 글에도 구조가 있다. 아파트나 한옥에 따라 집의 구조가 달라지듯이 글이 어떤 성격을 갖느냐에 따라 글의 구조도 달라진다. 이것은 글쓰기에서 중요하다. 글 전체의 뼈대이자 흐름이기 때문이다. 그렇다면 글의 종류에 무엇이 있는지 알아보고, 그에 맞는 구조는 어떻게 되는지 알아보자. 앞서 말한 것처럼, 글은 논리 글 포함 실용문과 문학 글로 구분할 수 있다. 실용문은 일상에서 유용하게 쓰기 위한 글이다. 예를 들어 손님을 초청하기 위한 초청장이나 취직을 위한 자기소개서와 같은 글이다. 반면 문학 글은 시, 동화, 소설처럼 정서나 교양을 위한 문학적인 작품을 말한다. 논리 글 포함 실용문이나 문학 글은 실용을 위한 글이냐, 예술 지향적이냐에 따라 나뉜다.

실용문에는 넓은 의미로 논리 글인 감상문이나 논설문도 포함한다. 논술이나 논설 역시 입시를 위해 혹은 언론사의 특정 목적을 위해 활용하려는 면이 강하므로 실용문에 포함 시킨다. 또

한 신문이나 방송에서 쓰는 서평이나 영화평도 실용문에 속한
다.

　논리글 포함 실용문 : 자기소개서, 초청장, 기행문, 감상문, 논
설문, 논술, 서평, 영화평, 광고문, 안내문, 편지, 설명문, 일기,
보고서, 이력서
　문학 글 : 시, 동화, 소설, 수필, 희곡, 시나리오, 평론

　쓰임에 따라 이같이 많은 형태의 글이 있다. 다음은 글의 종
류에 따라 다양한 형식의 글이 있지만 주로 쓰이는 글의 구조,
형식을 알아보자.

글의 형식

1) 설명문 : 머리말－본문－맺음말
2) 논설문 : 서론－본론－결론
3) 동화, 소설, 시나리오 : 발단－전개－절정－결말

　한 가지 첨언 한다면 소설이나 시나리오의 구조를 좀 더 자세
히 쪼개보면 작은 발단－전개－절정, 발단－전개－절정이 반복
하다가 결말로 마무리되는 경우가 대부분이다.
　다음은 일반적으로 유용하게 쓰는 실용적인 글 전부를 담을

수 있는 3단계 구조 형식을 알아보자.

　　1) 배경—목적, 취지, 의도, 추구 등
　　2) 내용—핵심, 전하려는 내용, 줄거리 등
　　3) 의견—소감, 생각, 느낌 등

실용 글을 쓸 때 위 세 가지 내용을 순서대로 풀어내기만 해도 좋은 글이 될 수 있다. 회사나 단체, 학생이 주로 쓰는 일반적인 보고서를 살펴보자. 보고서는 기본적으로 목적, 핵심 내용, 의견이라는 세 가지 요소로 되어 있다. 이를테면 상사에게나 윗사람에게 세미나를 다녀와서 보고서를 쓴다고 가정해 보자. 세미나 보고서는 '누가 무슨 목적으로 세미나를 개최 했는가', '참석자는 누구이며 몇 명인가', '핵심 내용은 무엇이었는가', '그 세미나는 어땠는가', '다른 세미나와 차이점은 무엇인가'라는 내용이 뼈대가 된다. 이때 보고자는 결정권자의 눈이 되어 해당하는 내용을 쉽고 명료하게 정리하여 보고하면 된다.

일상적인 글 역시 배경, 핵심 내용, 소감의 범주를 벗어나지 않는다. 편지나 엽서를 쓰든 각종 SNS나 블로그에 글을 게시하든 타인에게 보여주기 위한 글은 대체로 남에게 좋은 반응과 공감을 기대하게 된다. 그러므로 글쓴이는 어떤 형태의 글이든 독자에게 책임감을 가지고 임해야 한다. 즉 쓰려는 글의 배경을 알기 쉽게 설명해주어야 하고, 핵심 내용을 재밌고 맛깔스럽게 쓰며, 자신의 의견이나 소감을 펼쳐내야 한다. 배경을 잘 풀어내야 상대가 이해하기 쉽고, 논리에 맞게 핵심 내용을 설명해야 독자의 마음이 움직이기 때문이다. 게다가 필자의 적절한 소감이나 의견을 넣어야 믿음이 생긴다. 더러 소감이나 의견이 빠진 글은 무책임한 글로 비칠 수 있으나 경우에 따라선 배경, 내용, 소감 중 일부를 생략하여 핵심만 부각하는 경우도 있다.

비즈니스 문서의 기본 구조 :
목적－핵심내용－의견

일상적인 글 :
배경－핵심내용－소감

인터넷이나 블로그에 많이 쓰일 수 있는 서평이나 TV 드라마, 영화평의 3단계 구조도 알아보자. 구조는 '정보(배경)－줄거리－소감'이라는 세 부분으로 되어 있다.

서평이나 영화평의 3단계 구조 :

1) 모든 정보는 배경에 속한다.
2) 줄거리는 핵심내용을 요약한 것이다
3) 소감은 책을 읽고 난 느낌이나 의견, 생각이다.

◆ 독자가 감동하는 포인트를 알아야 한다

글 청탁을 받을 때가 있다. 의뢰인은 식당의 주문처럼 '맵게요, 싱겁게요, 달달하게요.'와 같이 '감동 있게 써달라, 재밌게 써달라.'고 덧붙이는 경우가 종종 있다. 주문받은 작가는 조여오는 감정과 호흡을 가다듬으며 좋은 글을 위해 전의를 다진다. 주문대로 글이 나올 수도, 나오지 않을 수도 있지만, 작가는 최선을 다해 글을 써낸다.

그렇다면 독자가 생각하는 좋은 글은 무엇일까 생각해보자. 그리고 독자는 작가의 글에서 무엇을 원할까? 어떤 글을 좋은 글, 재미있는 글이라고 느낄까? 글 쓰는 입장에서 독자가 원하는 감정을 아는 것은 소통의 면에서 중요하다. 작가주의 글처럼 무턱대고 필자가 하고 싶은 말만 한다면 이에 호응하는 독자도 제한적일 것이다.

사람에게는 보통 기쁨, 슬픔, 놀람, 화남, 경멸, 혐오 등 7가지 기본 감정이 있다. 이것은 독자가 글을 읽고 느낄 수 있는 최소 감정이다. 독자의 감동 포인트가 최소 7가지가 된다는 뜻과도 같다. 작가는 글을 쓸 때 독자의 감정 중 어디를 만질 것인지 생각해야 한다. 글쓰기의 최종 목적지는 마음을 움직이는 것이기 때문에 어느 한 감정만 흔들어놓아도 성공이다. 즉 한 가지 감정만 만져도 재미있다는 평을 받을 수 있다. 수필이나 시, 소설 혹은 비즈니스 문서 등 글의 형태는 각기 달라도 목표는 결국 읽는 사람이 무엇인가 느끼도록 하는 것이다. '마음을 움직인다.'는 말은 각 유형의 글을 읽고 그에 합당한 반응을 보이는 것을 말한다. 다시 말해 글의 의도대로 상대가 공감하고 반응을 일으키는 것이다. 가장 좋지 않은 것은 글을 읽고 아무런 반응을 일으키지 않는 경우다. 아무런 맛이 나지 않는 글, 이것이 가장 최악의 글이다. 글은 달거나 쓰거나 짜거나 매운 맛이 있어야 한다. 아무런 맛이 없는 글은 아무런 반응도 일으키지 않는다. 사람들 마음속에 있는 감정의 과녁, 즉 '감동 포인트'를 하나라도 정확하게 맞추는 것, 그것이 좋은 글이다. 그러기 위해서는 솔직한 태도로 글쓰기에 임해야 한다. 논점을 흐리거나 애매하고 두루뭉술하게 자신을 포장한다면 결코 독자에게 공감 받을 수 없다.

◆ 사실을 써라

요즘은 인터넷 발달로 누구나 글을 써서 SNS나 블로그를 통해 자신의 글을 대중에게 선보일 수 있다. 또 그로 인해 다양한 정보가 쏟아진다. 정보의 홍수 속에 사는 것이다. 하루에도 셀 수 없이 많은 글이 올라오고 있으며 반응과 평가도 실시간으로 접할 수 있다. 독자와 소통까지 가능하다. 글이 문자에 머물지 않고 말의 기능까지 하는 것이다. 그러기에 이제 글은 특정한 어떤 부류의 것이 아니다. 다수의 사람이 마음만 먹으면 글로 소통하는 작가가 될 수 있다. 이같이 광속으로 변하는 세상에 정보를 해독하고, 저장하고, 타인에게 뜻을 전하려면 쉽고 빠른 글쓰기법이 필요하다. 정보를 전달하는 데 있어 재미와 감동이 없으면 대중으로부터 외면받기 때문이다. 그러나 재미에 편중하여 도덕성이 결여된 거짓 글은 선의의 사람에게 피해줄 뿐만 아니라 그에 따른 책임도 져야 한다. 글이 얼굴인 것이다. 도덕성과 빠른 정보력을 가지고 재미와 감동이 어우러진 글쓰기는 좋은 글쓰기 방법이다. 앞으로는 딱딱하고 어렵고 건조한 문체로 글을 쓰기보다 도덕성과 정보력을 갖추고 재미있는 글로 경쟁해야 한다. 독자에게 알리고자 하는 바를 거짓이 아닌 사실로 재미있고 설득력 있게 생생한 이야기형식으로 써야만 호평을 받을 수 있다.

◆ 쉽고 빠르고 재미있게 쓰자

시나 소설 같은 '문학 작품'은 독자에게 의미와 감동을 주기 위해 고된 노력이 필요하다. 제대로 된 소설을 쓰기 위해서는 10년의 수련 기간이 걸린다는 말도 있다. 그러기에 문학 글은 하루아침에 이루어지는 경지가 아니다. 시간이 필요한 작업이다. 반면 실용적 글쓰기는 대단한 작품을 쓰는 데 목적이 있지 않다.

매일 쓰는 일기나 블로그 글, 이메일은 실용문인 만큼 '작품'을 생산하는 과정과 달리 쉽고 빠르게 쓸 수 있어야 한다. 우리는 흔히 글을 쓸 때 상념에 빠져 생각을 다듬다 시간을 보낸다. 그러나 보통 쓰는 실용문까지 그럴 필요는 없다. 오히려 빠르게 초고를 써서 여러 번 퇴고하여 활용하는 것이 더 낫다. 빠르게 쓰는 것이 힘들다면 시간을 정해서 속도를 내어 써보라. 신문기사를 쓰는 기자들처럼 데드라인을 정해서 집중해서 쓰다 보면 정말 빨라진다. 빨리 쓰겠다는 의지가 중요한 것이다. 글을 쓸 때 마감 시간을 정해서 쓰는 것은 글을 빨리 쓰는 방법이다.

글쓰기의 핵심은 글의 재미를 추구하는 것이다. 우리는 재미란 단어를 즐겁고 웃기는 일에 한정 짓기 쉽다. 그러나 앞서 말한 것처럼 재미의 뜻은 슬픔이나 감동 같은 것도 포함한다. 희로애락의 감정 중 하나만 만져도 재미있다는 평을 받을 수 있다. 그 반대의 감정인 재미없다는 것은 지루하거나, 어렵고 딱딱해서 아무런 감흥이 일어나지 않는 경우다. 개성 있는 글, 독특한 시각을 가진 글, 맛깔스러운 글, 거기에 공감 받는 글은 독자를 빨아들이는 재미있는 글이다. 생각하게 하는 글도 재미있는 글이다. 독자가 느낄 감정을 생각하며 글쓰기를 쉽고 빠르고 재미있게 써보자.

◆패턴 연습으로 감수성을 훈련하자

　같은 주제와 소재를 주어도 글이 천차만별이다. 사람에 따라 빼어난 글이 나오기도 하고 그렇지 못한 경우도 있다. 그렇다면 이들에게 무슨 차이가 있는 것일까?

　글쓰기에 있어 탁월한 작가는 범인과 크게 두 가지가 다르다. 하나는 글감을 찾는 능력과 그것을 작품화하는 글쓰기 실력이다. 글감을 보는 특별한 눈과 글쓰기 솜씨에 따라 글이 완전히 다르게 구성된다. 전자는 글감을 찾는 감수성이며 후자는 그것을 풀어내는 작문 실력이다. 전자는 타고 나는 면이 없지 않지만, 후자는 연습으로 익힐 수 있다. 그런 이유로 여러 사람이 같은 일과 사건을 보아도 글이 다르게 나온다. 그러니 멋진 글을 쓰려면 이 두 가지 능력이 있어야 한다.

　먼저 감수성이란 글을 쓰게 되는 모티브를 찾는 능력이며 감각이고 기획이다. 감수성이 뛰어난 작가는 다른 사람 입장과 자신을 일치해서 공감하는 능력이 뛰어나다. 이타적인 면이 강해 타인의 감성과 동화를 잘 이룬다. 상대가 무엇을 원하는지 안다. 독자가 어디서 아픈지 무엇이 필요한지 알아서 글로 잘 표현할 수 있다. 그러나 초보자들은 글쓰기 핵심인 글감잡기부터가 숙제다. 무엇을 써야 할지, 어떻게 해야 할지 몰라 하염없이 헤맨다. 감수성이 뛰어난 사람은 많은 사람이 공감할 수 있는 글감을 보는 순간 낚아채 글을 쓰겠지만, 초보자는 이를 알아보지 못한다. 그렇다면 감수성이 부족한 초보자는 글쓰기를 포기해야 하는가? 답은 타고난 감수성이 부족하더라도 글감 보는 훈련을 통해 향상시킬 수 있다. 그렇다면 작문 실력은 습작을 통해 기르지만 좋은 글감을 보는 안목은 어떻게 기를 수 있을까? 가장 쉬운 방법은 이제까지 나왔던 인기 있는 글감들을 분석해보는 일이다. 거꾸로 가보는 것이다. 글감은 어느 정도 정해진 패턴이 있다. 그것은 정보, 지식, 화제성, 감동, 논란 정도다. 글 대부분은 이 범주에 속하는 것을 확인할 수 있다. 글을 읽어 보아 각 패턴을 어떤 식으로 글에 녹여냈는지 분석하여 학습해 보라. 그러고는 훈련자가 쓰고자 하는 글감을 대입해보라. 어느새 글감을 낚는 감수성이 길러질 것이다. 감수성이 부족하다면 독자의 입장에서 보는 연습으로 학습하면 된다. 이것은 글쓰기 훈련자가 좋은 글을 쓰기 위해 책을 정독해야 하는 이유다.

글의 구조와 내용을 짤 때
주의할 점이 무엇인가요?

필자는 글의 구조를 짤 때 쓰고 싶은 주요 내용의 소제목을 백지에 써보는 습관이 있다. 그러고는 소제목에 맞는 덩어리의 이야기를 쓰고 이 내용을 퍼즐 맞추기 하듯 이리저리 맞추어 전체 줄거리가 가장 유연하게 흘러갈 수 있도록 배치한다. 여러 가지 변수를 두고 퍼즐 맞추듯 구성을 짜다 보면 뜻밖의 추가될 내용이나 에피소드가 생각나기도 한다. 이 방법은 작게는 짧은 글 안에서 내용 배치며 구조 짜기다. 크게는 책의 목차 정하기에도 해당한다. 이렇게 구성을 맞추고 전체 내용을 보면 소설이나 동화일 경우 틀림없이 기승전결 순으로 배치한 것을 확인할 수 있고, 설명문이나 서평일 경우 '머리말-본문-맺음말' 순으로 '정보(배경)-줄거리-소감' 순으로 배치된 것을 확인할 수 있다.

앞서 말한 것처럼 실용문은 3단계 구조로 되어있다. 그런데 글을 쓰다 보면 배경 정보-내용-의견 외에 들어가는 다른 것이 있다. 바로 주제다. 주제는 무엇을 글의 중심축으로 잡을 것인가의 문제다. 글쓴이가 무엇을 한결같이 주장하며 배경을 깔고 내용과 의견을 말할 것인가이다. 하여 중심축을 이루는 주제는 사람의 척추처럼 중요하다. 거론되는 배경 정보-내용-의견을 주제라는 하나의 끈으로 연결시켜야 글에 통일감이 있고 '좋은 글'이 된다. 주제에서 벗어나는 에피소드나 정보는 아무리 좋은 내용이더라도 지워야 한다.

개인에 따라 순서는 다를 수 있지만 대략 정리하면 실용문을 쓸 경우 '글감-구조-배경 정보-내용-의견' 이나 '글감-배경 정보-구조-내용-의견' 순으로 글을 완성할 수 있다. 쓸 글의 핵심이 되는 글감을 잡고 구조를 짜서 배경 정보를 쓴 다음에 내용과 이를 받쳐줄 뉴스나 이슈를 넣고 마지막에 글쓴이의 생각을 넣는다. 이 같은 순서로 해당하는 내용을 한두 단락씩만 기계적으로 넣어도 글 하나를 쓸 수 있다.

◆ 글감을 파악하라

중요한 것은 글감이다. 바로 무엇을 쓸 것인가의 문제다. 글감은 글을 쓰려는 대상에서 발견한 특별한 점이며 그 자체가 주제를 나타내기도 한다. 앞서 말한 것처럼 글쓴이는 핵심 되는 글감을 잘 잡아야 좋은 글을 쓰기 쉬워진다. 식재료가 좋으면 맛내기가 좋은 것과 같다.

◆ 굵직한 글 내용을 배열하라

주제 포함 핵심이 되는 글감을 결정했다면 다음에 할 일은 글을 어떻게 쓸 것인지의 설계다. 전체적인 글의 구조를 짜는 일이다. 문제 제기를 어떤 방식으로 하고, 이야기는 어떻게 풀어가며, 근거는 무엇을 제시할 것인가를 거시적으로 설계하는 일이다. 집 지을 때로 치자면 뼈대에 해당하는 철근을 어떤 구조와 모양으로 넣을 것인가를 생각하는 것이다.

구조 짜기에서 한 가지 유의할 점은 구조 짜기는 이중적 의미로 쓰인다는 사실이다. 그것은 글쓰기 과정으로 볼 땐 구조 짜기지만 글의 요소로 볼 땐 개요다. 개요는 주요 내용을 간결하게 추려낸 핵심 줄거리를 말하는데 소설이나 책에만 쓰이지 않고, 영화를 비롯해 모든 분야에서 두루 쓰인다.

예를 들어 백일장 대회를 했다고 하자. 이때 백일장 행사 내용이 바로 개요다. 당일 어떤 주제로 어떤 분야의 글쓰기를 했는지, 축사는 누가 어떤 내용으로 했는지, 행사 중에 특이한 점이 무엇인지, 누가 수상했는지, 사람이 얼마나 모였는지와 같은 내용의 압축이 개요다. 이것은 서론-본론-결론에서 본론에 해당되는 것과 같으며 모든 글쓰기에 반드시 들어간다. 따라서 구조 짜기에 해당하는 개요는 생각으로든 글로든 늘 연습할 필요가 있다.

◆ 배경 정보를 활용하라

글은 언어나 영상이 아닌 활자로만 말한다. 독자는 활자를 통해서 정보를 얻기 때문에 작가는 어떤 사실을 사진을 찍듯 글자로 찍어서 전해 주어야 한다. 그러기 때문에 글쓰기를 통해 용건을 잘 전달하려면 전후 상황을 알아듣기 쉽게 설명해야 한다. 글쓴이가 하고 싶은 말만 던져놓으면 난해하여 오해하기 쉽다. 어떤 종류의 글이든 독자를 이해시키기 위해서는 전후 상황을 친절하게 설명해야 한다. 서평을 쓸 경우에도 배경에 대한 정보 제공은 빠질 수 없다. 이미 앞에서 실용적 글쓰기의 세 가지 요소 '배경−핵심내용−의견'에 대해서 살펴보았다. 책의 경우 배경은 책을 둘러싼 정보를 말한다. 출판사와 저자 이름, 출간 연도와 같은 '기본 정보'가 배경이 된다. 아울러 표지와 제목, 저자 소개, 서문과 같은 '부가 정보'도 정보에 포함된다. 영화평을 쓸 경우도 영화에 대한 이해력을 높일 내용 모두가 정보에 해당한다. 즉 영화감독이 누구며, 제작비는 얼마이고, 촬영 중 뒷이야기는 무엇인지, 촬영에 관련된 주연 배우나 조연 배우의 이야기 모두 정보다. 이런 자질구레한 정보를 적절히 넣어주면 글이 풍성해지고 흥미로워진다.

◆ 특별한 뉴스를 활용해 가치를 높여라

서평 쓰기나 영화평은 책과 영화에 대한 방대한 지식이나 전문적인 시각이 있어야 결과물을 낼 수 있는 작업이다. 그러기 때문에 글쓰기 초보자에게는 버거운 작업일 수 있다. 그러나 아마추어도 평을 돋보이게 쓸수 있는 방법이 있다. 바로 다른 사람이 알지 못하는 뉴스나 정보에 해당하는 특별한 내용을 글에 넣는 것이다. 또한 책 내용 중에는 남에게 전할 때 귀가 솔깃하고 흥미로운 내용이 있다. 즉 인상적인 장면이나 놓치고 싶지 않은 문장, 명대사 같은 것이다. 서평이나 영화평뿐만 아니라 문학 글을 쓸 때도 특별한 내용에 해당하는 뉴스나 정보를 메모해 두었다가 적절하게 녹여내면 글이 훨씬 돋보여 좋은 평을 받을 수 있다.

◆ 두려움이나 부끄러움을 이기고 자신의 끼나 색을 내라

무언가 염두에 두고 글을 쓸 때 그에 대한 사실만 전하고 자신의 의견이나 생각이 빠지면 안 된다. 그것은 '좋은 글'이 아니다. 작가의 생각, 느낌, 의견이 없는 글을 생각해보라. '이게 뭐지'하는 미완성의 느낌이 들 것이다. 논란과 비난에 대한 두려움이나 부끄러움으로 작가의 의견이나 생각을 뺀 글은 죽은 글이다. 그

글은 단지 정보이며 남의 말을 한 것에 불과하다. 글쓰기는 작가의 생각과 상상력, 창의적인 아이디어를 표현하는 것이다. 이것들이 적절히 표현되었을 때 글로서 가치가 있는 것이다. 그것이 결여된 글은 생명력이 없다.

하지만 생각을 말로 표현하듯이 글로 표현하는 일은 조금 어렵다는 데 문제가 있다. 생각, 느낌, 의견을 자유자재로 활자화할 수 있는 수준에 도달하기 위해서는 먼저 습작을 게을리 하지 않아야 한다. 그런 다음 사색을 통해 얻은 자신의 의견이나 생각을 소신과 용기를 가지고 나타내보라. 두려움과 부끄러움을 떨치고 자신의 색을 내는 것은 글쓰기에서 중요하다.

글을 잘 쓰기 위한 연습 방법이 있나요?

글쓰기에 있어 여러 연습 방법과 비법, 기술이 필요하지만, 이 것만으로 글을 쓰면 독자는 가짜인 것을 금방 알아챈다. 가벼운 기교만으로 공감과 감동을 줄 수 없다. 반면에 살면서 내면에 쌓인 좋은 감정과 생각이 녹아든 글은 짧을 글이더라도 사람의 마음을 움직이고 세상사에 영향을 줄 수 있다. 글 쓰는 방법과 비법, 기술을 아무리 열심히 익혀도 내면에 표현할 가치가 없거나 거칠면 아무런 소용이 없다. 깊은 생각을 하고 사람다운 감정을 느끼며 의미 있는 삶을 살아야 그런 삶과 어울리는 글을 쓸 수 있게 된다. 또한 글을 잘 쓰고 싶어 하는 사람은 자기가 왜 글을 쓰고자 하는지 진지하게 자문해 보아야 한다. 자신의 허영을 채우기 위해서 글을 쓴다면 글이 거울이 되어 자신을 그대로 나타낼 것이다. 글을 잘 쓰기 위해서는 마음가짐부터 바르게 해야 한다. 보편적인 마음부터 가지고 기술을 연마하듯 글쓰기 훈련을 시작해보자.

글쓰기 연습 방법

글쓰기의 기본기를 다지는 연습 방법은 여러 가지가 있다. 먼저 생각과 마음을 표현하기에 앞서 사물이나 현장을 서술하거나 묘사하는 연습 방법이 있다. 글쓰기 초보자는 미술학도가 데생을 연습하듯, 피아니스트를 꿈꾸는 학생이 바이엘과 체르니를 연습하듯, 운동선수가 기초체력을 연습하듯, 사물과 현장과 사건을 있는 그대로 서술하거나 묘사할 수 있도록 연습해야 한다. 그러기 위해서 먼저 관찰해야 한다. 시간을 들여 주변의 모든 사물과 현상에 대해 관찰하다 보면 다른 사람이 발견하지 못한 부분을 발견할 것이다. 관찰력은 자연스럽게 사고력으로 확장될 것이고, 사고력은 보이는 것 너머를 꿰뚫어 볼 수 있는 통찰력으로 발전할 것이다. 이렇게 관찰에서 시작한 습관은 자연스레 사고의 확장으로 연결되고 통찰까지 이르는 글쓰기로 연결되어 좋은 글을 쓸 수 있게 된다.

글쓰기 연습 방법 중 다른 하나는 영화를 보거나 책을 읽고 습관적으로 '요약하기'와 '줄거리 쓰기'를 하는 것이다. 이것은 글 재료를 모으는 일이며 글쓰기 연습이기도 하다. 꾸준히 하다 보면 실제 글쓰기 실력이 늘게 된다.

글쓰기 초보자는 다음과 같이 제시되는 글쓰기 연습 방법을
꾸준히 익힘으로 기본기를 다져보자.

◆ 요약하기는 글쓰기 기초다

필자는 한때 책을 읽고 난 다음 독서 노트에 간략한 내용과 특
징, 좋은 문장을 채록했었다. 또한 갑자기 생각나는 아이디어나
생각을 함께 메모하기도 했다. 돌아보니 이 습관은 글을 쓰거나
작가적 소양을 쌓는 데 큰 도움이 된 것이 사실이다. ≪일독 일
행 독서법≫의 유근용 작가도 다음과 같이 말했다. 읽고 기록하
고 말하고 행동으로 옮기는 습관을 가지는 것에서 삶의 변화를
이끌어 낼 수 있다고 말이다. 처음에는 사람이 습관을 만들지만,
후에는 습관이 사람을 만든다고 아리스토텔레스가 말했듯이 읽
고 기록하는 습관을 꾸준히 갖는다면 글쓰기를 잘할 수 있을 것
이다. 간략한 내용 요약, 이것은 누구나 평소에 할 수 있는 글쓰
기다. 이것을 꾸준히 실행하느냐 중도에 포기하느냐는 개인의
인내심에 달려있다. 글쓰기 초보자가 습작처럼 요약이나 줄거리
쓰기를 한다면 글쓰기에 있어 많은 것을 얻을 수 있다.

그렇다면 문학 작품을 요약하고, 작품에 대한 감상을 어떻게
쓰는 게 좋을까. 먼저 요약을 잘하기 위해선 내용을 정확히 파

악해야 하고 원본과 차이 없이 서술할 수 있어야 한다. 하지만 요약은 글을 단순히 압축하는 행위가 아니라 자신의 언어로 재구성하는 일이다. 글을 요약하는 방법은 두 가지 과정으로 이루어진다. 하나는 요약에 꼭 넣을 정보를 골라내는 일이며, 다음은 정보를 배열하는 일, 즉 쓰는 일이다. 이때 앞뒤 내용이 무난하게 연결되는지에 따라 글을 재배치하고 적절한 접속사를 쓰는 것이 필수다. 사실 요약하기 위해 정보를 추출하는 것은 어려운 일이 아니다. 누구나 할 수 있다. 중요한 부분을 밑줄 긋고 발췌하는 것은 글쓰기 실력과 상관없다. 이것은 독해력의 문제다. 따라서 많은 사람이 잘할 수 있다. 그러나 직접 해보면 쉽지만은 않다. 실제로 요약한 내용을 보면 많은 허점을 발견할 수 있다. 여기에는 두 가지 이유가 있다. 첫째는 전체 글을 정확히 파악하지 않고 그냥 쓰기 때문이다. 뭐가 중요한 정보인지 뭐가 덜 중요한지 숙고하지 않고 글을 쓰면 반드시 빠지는 내용과 필요 없이 추가되는 내용이 생긴다. 다른 하나는 읽는 사람의 보편적 취향을 배려하지 않은 채 본인 위주로 가치를 판단하기 때문이다. 보편적 가치보다 자기의 가치를 더 추구한다면 대중에게 공감받을 수 없다. 글쓰기는 연습에서부터 개인의 취향과 주관적 가치관 중심이 아닌 보편타당한 가치에 맞추어 판단해야 한다. 즉 소수가 아닌 많은 사람이 공감할 수 있는 내용 위주로 판단해야 한다. 글쓰기 능력에 공감력과 감수성이 필요한 대목이다. 이것은 '좋은 글'을 쓰기 위해 갖추어야 할 기본 자질 중의 하나이고 감각이다.

그런데 한 가지 구분할 것은 요약하기와 줄거리 쓰기의 차이다. 요약하기는 원문 자체의 분량만 줄이는 것이다. 반면 줄거리 쓰기는 나름의 스타일을 살려 기승전결로 가공해서 그 내용을 이해하기 쉽게 서술하는 것이다. 이런 면에서 줄거리 쓰기는 글쓴이의 필력을 더 요구한다. 요약하기와 줄거리 쓰기는 초보자가 평상시에 쉽게 할 수 있는 좋은 글쓰기 연습 방법이다.

◆ 줄거리 쓰기로 필력을 키워라

줄거리 쓰기는 언제 어디서나 쉽게 할 수 있는 탁월한 글쓰기 연습법이다. 이는 특정한 상황을 다른 사람에게 설명하는 것을 말한다. 따라서 먼저 말로 해보고 글로 옮겨보라. 말로 했을 때 이치에 맞는 줄거리는 글로도 이치에 맞고, 재밌는 줄거리는 글로도 재밌다. 줄거리를 얼마나 이치에 맞고 재미있게 쓰느냐는 글쓰기에서 중요한 문제다. 줄거리를 어떻게 쓰느냐에 따라 독자의 태도가 달라지기 때문이다. 줄거리 쓰기를 잘하는 것은 탄탄한 기본기를 갖추었다고 볼 수 있다. 역으로 말하면 탄탄한 기본기를 갖추려면 줄거리 쓰기 연습을 해야한다. 줄거리를 잘 쓰는 이는 일상에서 벌어지는 일도 잘 서술할 수 있다.

줄거리 쓰기의 이점은 많다. 먼저 줄거리를 쓰다 보면 글의 요점이 파악된다. 게다가 쓰는 과정에서 핵심 내용 서술과 결말 쓰기, 문장의 접속사 사용, 표현법 등을 익힐 수 있다. 꾸준한 줄거리 쓰기는 기본기와 필력을 향상하고 자신감을 키운다. 한 가지 유의할 사항은 과도한 수사법으로 표현을 꾸미지 않아도 얼마든지 줄거리를 잘 쓸 수 있다. 줄거리 쓰기의 대상엔 보고 들은 것 모두 포함된다. 책부터 영화, 드라마 나아가 모임이나 행사까지 우리의 일상엔 전부 줄거리가 있다. 영화나 드라마를 본 후, 흥미롭게 줄거리를 써서 지인이나 SNS에 공유해보자. 다양한 반응으로 글쓰기에 기쁨과 자극을 줄 것이다. 줄거리 쓰기 연습할 때 한 가지 규칙을 정하자면 반드시 분량을 정하고 연습하자. 예컨대 '원고지 10매, 5매, 1매로 줄인다.'와 같은 규칙을 정하는 것이다. 주어진 분량 안에 줄거리를 넣으려다 보면 무엇이 필요한지와 무엇을 생략할지 알게 되고, 핵심을 파악하게 된다.

◆ 묘사는 단계별로 연습하자

묘사(描寫)의 사전적 의미는 사물의 '어떠함'을 그리는 것으로, 대상의 빛깔, 감촉, 냄새, 소리, 맛 등의 특성을 그림 그리듯 구체적으로 기술하는 방식이다. 또, 묘사의 대상은 단순히 사물의 특성만 그리는 것이 아니라 인물이나, 상황, 행동 등으로 확장해서 그릴 수 있다. 그러기 때문에 글쓰기 초보자는 활자로 그림 그리듯 서술 연습할 필요가 있다. 그러나 글쓰기를 하는 우리가 궁극적으로 해야 할 일은 생각을 묘사하는 일이다. 생각이나 마음을 잘 묘사하는 경지에 이르기 위해서 먼저 데생을 연습하듯 세 단계의 묘사법을 배우고 연습해보자. 처음은 움직이지 않는 사물을 묘사하고 다음은 현상을 묘사하고, 이어 대화나 동영상을 묘사하는 방법으로 연습하자.

1) 정물 묘사하기

관찰한 정물을 활자를 통해 눈으로 보는 것처럼 섬세하게 묘사해보자. 그런데 우리는 '묘사'라 할 때 흔히 꾸밈말을 떠올려 멋진 말이나 부사, 형용사를 동원하고, 직유법, 비유법, 활유법, 의인법과 같은 수사법을 써야 한다고 여긴다. 이것은 잘못된 선입견이다. 묘사에 대한 과도한 선입견은 글쓰기를 방해하고 독이 된다. 물론 멋진 장면을 묘사한 글에는 적절한 미사여구가 필요하다. 다양한 수사법들이 문장을 아름답게 만드는 경우도 많다. 그러나 그게 다가 아니다. 수사법에 너무 치우치다 보면 묘사의 기능이 떨어질 수 있다. 있는 그대로 묘사 연습을 해보자. 우리는 글쓰기 능력을 쌓기 위해 단문 쓰기, 과도한 미사여구 사용하지 않기. 쓸 수 있는 것부터 이야기해주듯 쉽게 쓰기 등에 따라 단계별로 묘사를 연습해보자.

누구나 다 알고 있는 명화 클림트의 〈키스〉를 관찰하고 묘사해보자.

예시글〉
망토를 두른 남자가 여자의 볼에 키스한다. 꽃무늬 옷을 입은 여자는 남자에게 얼굴을 내어주고 눈을 감고 있다. 남녀는 행복을 만끽한다.

본 대로 느낀 대로 스케치하듯 대략 쓰면 된다. 크게 어렵지 않으므로 처음엔 이런 식으로 글쓰기 연습을 한다. 그런 다음 과도하지 않게 직유나 은유법을 써서 문장을 바꿔 본다.

예시글〉
황금빛 망토를 두른 남자가 여자의 희고 매끈한 볼에 키스한다. 화려한 꽃무늬 옷을 입은 여자는 남자에게 얼굴을 내어주고 꿈을 꾸듯 눈을 감고 있다. 사랑에 취한 남녀는 온몸으로 행복을 만끽한다.

이런 훈련 과정을 거쳐 묘사 연습을 해보라. 담백한 문체를 선호한다면 수사법을 빼면 되고 화려한 문체를 원한다면 수사법을 적절하게 활용하면 좋다. 묘사 연습하다 보면 생각과 안목,

미술적 지식까지 더해질 수 있다.

2) 풍경 묘사하기

「길은 지금 긴 산허리에 걸려 있다. 밤중을 지난 무렵인지 죽은 듯이 고요한 속에서 짐승 같은 달의 숨소리가 손에 잡힐 듯이 들리며, 콩 포기와 옥수수 잎새가 한층 달에 푸르게 젖었다. 산허리는 온통 메밀밭이어서 피기 시작한 꽃이 소금을 뿌린 듯이 흐뭇한 달빛에 숨이 막힐 지경이다. 붉은 대궁이 향기같이 애잔하고 나귀들의 걸음도 시원하다. 길이 좁은 까닭에, 세 사람은 나귀를 타고 외줄로 늘어섰다.」

이효석의 단편소설 '메밀꽃 필 무렵'이다. 어디선가 본 듯한 메밀꽃 핀 산허리의 밤 풍경이 그대로 그려졌다. 이처럼 탁월한 묘사는 쉬이 이루어지지 않는다. 언어를 갈고닦아야 이룰 수 있는 경지다.

작가의 경지에 도달하기 위해서 우리가 해야 할 연습은 다음과 같은 것이다. 현재 당신이 서 있는 지점에서 보이는 풍경을 글로 묘사해보라. 그것이 시작이다. 서재라면 다음과 같은 글이 펼쳐진다.

두 평이 안 되는 좁은 직사각형 공간이다. 벽에 바짝 붙어 있는 갈색 책상 위에 색 바랜 각종 책과 낱장의 자료들이 위태롭게 쌓여 있다. 깐깐하고 예민한 방주인의 경고문 팻말이 한눈에 들어온다.

'손대지 마시오!'

3) 영상 묘사하기

정물이나 풍경과 다르게 동영상이나 영화, 드라마를 묘사하는 것은 또 다른 즐거움이 있다. 특히 대화가 들어 있는 드라마나 영화 내용 묘사는 시나리오 작가나 소설가가 되는 지름길이기도 하다. 초보자는 좋아하는 드라마나 영화의 한 장면을 돌려보며 묘사 연습을 해보자. 묘사뿐만 아니라 대사와 캐릭터 분석이 가능하다.

다음은 드라마 〈사랑의 불시착〉의 한 장면을 글로 옮겨보았다.

예시글〉

5중대는 생전 처음 느껴보는 찜질방의 뜨끈함에 기분이 좋아졌다. 은동이가 목에 두른 수건을 맞잡고 조금 아쉬운 듯 천장을 보며 입을 열었다.

"와! 난 천당이 있음은 바로 이런 데가 아닐까 싶습니다. 우리 오마니도 이런 데 모시고 오면 소원이 없같습니다."

이 말을 들은 주먹이는 무엇인가 생각난 듯 낄낄거리며 말했다.

"드라마에서 볼 땐 지가 좋아 봤자 얼마나 좋같나 했는데 진짜 좋습니다."

벌어지는 상황을 순서대로 묘사한 것이다. 이 같은 연습은 소설 쓰기나 드라마 대본 쓰기 연습까지 될 수 있다. 드라마 작가가 되기 위해 시나리오 교육기관이나 방송국 아카데미에 다니는 것도 좋지만, 먼저는 혼자서 내공을 쌓는 것도 좋은 방법이다. 좋아하는 드라마를 보면서 꾸준히 습작하다 보면 실력 있는 작가가 될 수 있다.

글을 잘 쓰기 위한 기술이 있나요?

글쓰기는 자신의 내면을 표현하는 행위다. 그러기에 글을 보면 사람을 알 수 있다. 내면이 거칠고 흉하면 그대로 글에 표출되어 나온다. 글을 써서 인정받고 싶으면 그에 어울리는 보편적인 내면을 가져야 한다. 또한 그런 내면을 가지려면 그에 맞게 살아야 한다. 문단의 작가를 들여다보면 글 좋고 사람 좋은 경우와 글 좋고 사람이 별로인 경우, 글도 별로고 사람도 별로인 경우가 있다. 오랫동안 사랑받는 작가는 글 좋고 사람 좋은 경우가 많다. 글이 좋아 운 좋게 반짝 인기를 얻었지만, 사람이 별로인 경우는 결국 그대로 평가받는 경우가 많았다. 아무리 글이 좋아도 작가가 사회에 물의를 일으키는 각종 사건과 연류되면 결국 재평가 받게 된다. 과거 친일 작가가 그랬고 '미투' 운동에 연루된 작가가 그랬다. 글은 손이나 머리로 쓰는 것이 아닌 언행일치를 이룬 삶 전체로 쓰는 것이다. 문학 글을 쓰는 정말 좋은 작가들은 재주가 아니라 삶으로 글을 쓴다. 방법만 배우고 익힌다고 글을 잘 쓰게 되는 것은 아니다. 생각과 삶이 먼저다. 다음이 글이다. 어렵사리 운전면허를 따서 욕설과 난폭 운전으로 거리를 질주한다면 많은 사람이 눈살을 찌푸릴 뿐만 아니라 다칠 수도 한다. 그러기 때문에 펜은 칼보다 무서운 것이다. 글로 인해 상처를 입은 마음은 쉽게 아물지 않는다. 먼저는 마음가짐을 바로 하고 보편적인 전통 글쓰기 기술을 배워 글에 적용해보자

전통 글쓰기 기술

◆ 첫 문장부터 독자의 마음을 사로잡아라

글에 있어 첫 문장은 첫인상이다. 그만큼 중요하다. 첫인상이 좋으면 어느 정도 문제가 생겨도 참고 가지만, 나쁘면 시작부터 외면이다. 한 심리학 연구결과에 의하면 우리 인간은 단 2~3분 내로 어떤 것에 호감 여부를 결정한다고 한다. 첫 대면에 거의 70% 정도를 판단해 버리고 만다고 해도 과언이 아니다. 사람의 첫인상, 첫 만남, 노래의 첫 소절, 첫사랑까지 모든 처음은 중요하다. 중간보다 훨씬 인상에 남기 때문이다. 특히 글에서 첫 문장이 인상 깊다면 독자의 호기심을 자극하기 쉽다. 또 인상 깊은 첫 문장은 글을 계속 읽도록 하는 힘이 있다. 반대로 첫 문장이 독자의 마음에 고리를 걸지 못하면, 글 쓴 보람도 없이 독자의

시선은 벌써 다른 곳을 향한다. 그러기에 작가는 첫 문장에 정성을 들인다. 첫 문장이 잘 써지면 글의 절반은 쓴 것 같은 느낌이 든다고 해도 과언이 아니다.

그렇다면 첫 문장은 어떻게 써야 할까? 무엇보다도 평범하지 않아야 한다. 웬만한 사람이 다 아는 얘기나 뻔한 사실, 당연한 말을 문장의 맨 첫머리에 내세운다면, 그 글은 실패할 가능성이 높다. 뜻밖이거나 새롭거나 신기하거나 놀랍거나 흥미로운 내용을 첫 문장에 써야 한다. 그런데 인상적이고 호기심을 자극하는 것만으로 최고의 문장일까? 그렇지 않다. 첫 문장은 글의 전체 내용을 함축하거나 글의 분위기를 암시해야 한다. 첫 문장은 인상 깊은 내용이어야 하지만 앞으로 전개할 글과 밀접한 연관이 있어야 한다.

누구나 우연히 첫 문장에 끌려 책 끝까지 읽어 내려갔던 기억이 있을 것이다. 책에 온전히 빠져들었던 경험, 책과 소통의 즐거움, 그것은 독자에게 오랫동안 남는 추억이기도 하다. 이렇게 감명 깊게 읽었거나 오래도록 인상에 남아있는 소설의 첫 문장은 세월이 지나도 잊히지 않는다. 사람에게도 첫인상이 중요하듯이 책에도 첫 문장이 중요한 이유다.

"그레고르는 어느 날 아침 거북한 꿈에서 깨어나면서, 자신이 침대에서 괴물 같은 벌레로 바뀐 것을 발견했다."

프란츠 카프카 ≪변신≫의 첫 문장이다. 독자의 호기심을 끌 좋은 첫 문장의 예다. 주인공은 자고 일어나니 벌레로 변해 있었다. 독자는 첫 문장을 읽고 난 후, 주인공이 무슨 사연으로 벌레가 되었을까? 다음에 무슨 일이 일어날까? 주인공은 어떻게 될까? 라는 생각이 들 것이다.

"엄마를 잃어버린 지 일주일째다."

신경숙의 ≪엄마를 부탁해≫의 첫 문장이다. 군더더기 없이 단순한 첫 문장이지만, 다음에 벌어질 복잡한 상황에 호기심을 자극하기에 충분하다.

글을 쓸 때 첫 문장은 독자의 마음을 자극하도록 정말 하고 싶은 말을 내지르는 게 좋다. 그런 다음에 차분하게 설명하라. 이 법칙은 영화 시나리오를 쓸 때도 마찬가지다. 영화가 처음 10분 안에 관객의 마음을 사로잡지 못하면 그들은 벌써 지루해한다. 논리 글도 마찬가지다. 첫인상이 중요하다. 무슨 말을 할지 간단하고도 명료하게 먼저 내지르고 설명하는 게 좋다.

'요즘 발달된 인터넷 문화로 옛 친구 하나쯤 찾는 것은 일도 아닌 것 같다. 여고 때 빗길을 뚫고 쫓아왔던 김현수라는 이름의 그 남학생, 가끔 생각나는 이름이다.'

필자의 소설 ≪젊은 날 이야기≫의 첫 문장이다. 글에 어떤 사연이 있을 것 같은 사람 이름을 화두로 던져놓았다. 추억 속의 인물에 대한 궁금증과 이후로 무슨 일인가 전개될 것 같은 서문이다. 첫 문장은 이처럼 다음의 내용을 끌고 가는 견인차 역할을 해야 하고 호기심을 자극해야 한다. 서두는 책을 읽도록 하느냐, 덮도록 하느냐의 역할을 하기 때문에 매우 중요하다. 아무리 재미있는 책이라 해도 첫 대목에서 흥이 나지 않으면 문전박대당할 수 있다. 첫 문장 쓰기가 어렵다면 서점에 진열된 책들의 첫 문장을 비교 분석하고 참고해보라.

◆ 곧바로 쉽게 들어가라

서두를 여는 또 다른 방법은 글의 의도를 알아보기 쉽게 곧바로 나타내는 것이다. 변죽 울리듯 뱅뱅 돌리지 않고, 말하고 싶은 용건을 곧바로 털어놓아야 한다. 서두는 어렵게 꼬지 않고 어린아이도 쉽게 알 수 있도록 써야 한다. 이 방식은 대중이 쉽게 접할 수 있는 신문기사에서 가장 보편적으로 볼 수 있는 형태다. 글 첫머리에 느낌이나 소감을 직접 표현하는 경우도 여기에 포함된다. 뒤에 서술할 내용이 독자를 설득시킬 수 있을 만큼 충분하다면 당당하게 서두를 시작하는 것은 좋은 방법이다. 이런 기

법은 글쓰기에 자신이 있는 이들이 주로 구사한다. 필력 있는 글
쓴이는 처음부터 읽는 이의 마음을 확 사로잡아 끝까지 끌고 간
다. 한눈팔기를 허용하지 않는다. 우회하지 않고 자신의 주장을
펼친다. 작가는 읽는 이로 하여금 자신의 의견을 곧바로 따라오
게 한다. 마음이 사로잡힌 독자는 '내 밥 누가 다 먹었어!' 하는
마음으로 한 장 한 장 넘어가는 책장을 아까워할 것이다.

◆따옴표로 강조하기

'박제가 되어버린 천재를 아시오?' 이상의 ≪날개≫ 첫 문장
이다. 이상은 작은따옴표를 써서 독자에게 화두를 던져 다음 내
용을 생각하게 하고 주목하게 만든다. 이와 같이 문장에서 작은
따옴표는 여러 가지 기능이 있다. 단어나 문장을 강조하거나 인
용할 때 혹은 단어를 축약할 때 사용하기도 한다. 말로 표현하지
않고 마음속에서 한 대화나 사색을 표현할 때에도 작은따옴표를
쓴다. 따옴표를 친 글이 맨 앞에 나오게 되면 그 내용이 주목받
는다. 책의 메시지를 앞으로 빼내어 따옴표를 치면 강조의 효과
를 보기 때문이다. 따옴표는 작가가 하고자 하는 말을 선명하게
나타내주며 글을 재미있게 만든다.
　대화를 표현할 때 쓰는 큰따옴표 문장도 맨 앞에 나오면 전체
내용의 핵심을 쉽게 파악할 수 있고 문장이 밋밋하지 않게 된다.

큰따옴표가 서두에 나오는 경우는 주로 신문이나 잡지의 대담이나 인터뷰 글에 많다. 이 경우 상대의 말이 내용이며 핵심이 된다. 다시 말해 대담이나 인터뷰로부터 얻는 정보가 '콘텐츠'다. 대상이 한 말 중 핵심을 글 맨 앞으로 끄집어냄으로 서두에서부터 강한 인상이 남도록 하게 하고 내용을 알기 쉽게 한다. 따옴표를 쓴 문장을 앞에 내건 글은 강조의 효과를 가지고 있고 기억에도 오래 남는다.

◆ 질문을 던지며 들어가라

서두를 여는 방법이 여러 가지 있지만, 질문을 던지면서 서두를 여는 방법은 궁금증을 유발한다. 이는 독자를 주의 집중시키는데 유효한 서술방식이다. 관심 가질만한 내용을 앞부분에 배치하고 물음표로 처리함으로써 독자의 마음을 겨냥할 수 있다. 작가는 질문을 던져서 독자의 호기심에 단단한 고리를 걸어 목적지로 끌고 간다. 물음표를 뛰어넘어 알쏭달쏭한 퀴즈식으로 서두를 열 수도 있다. 이때 독자는 답을 궁금해 하며 작가의 필력 있는 글을 따라가게 된다. 퀴즈식은 깜짝 놀랄 사실, 비밀이나 진기한 사실, 뻔한 내용보다 반전 있는 해답을 전할 때 쓰는 방법이다.

◆ 책, 자료, 영화를 활용하여 일반화시켜라

각종 장르의 글을 쓸 때 멋진 말이나 좋은 자료를 인용하는 경우가 많다. 자신의 탄탄한 글에 의미 있는 문구를 적절히 인용하면 글쓴이의 감각이 돋보일 뿐 아니라 글의 '격'이 달라진다. 개인의 주장이나 사생활에 해당하는 경험에 멋진 말이나 자료를 따와 누구나 받아들일 수 있는 일반화를 시키면 대다수 사람에게 공감을 얻기에 좋다. 이것은 독서량과 메모의 힘이다. 평소에 독서 노트를 꾸준히 써온 사람은 글을 쓰는 데 유리하다. 이미 모아놓은 자료와 글을 활용하기 때문에 마감 시간에 쫓기지 않아도 된다. 그런 의미에서 독서 노트는 보물 창고와 같다. 자신이 쓰는 글에 보물 창고에서 길어온 보석 같은 글을 적절히 배치하면 내용이 좋아지기 때문이다.

비평문이나 영화평을 쓸 때도 전문적인 자료나 시각을 펼쳐놓는 사람의 글은 단연 돋보인다. 또한 서평에서 비슷한 소설을 묶어서 소개하거나 작가의 다른 작품을 인용하여 글을 쓰는 경우도 마찬가지다. 이런 경우 아무리 필력이 좋은 작가라도 자료의 힘을 인정하지 않을 수 없다. 이것은 독서량이 많고 독서 노트를 꾸준히 써온 자만이 누릴 수 있는 여유다. 독서량이 많은 사람은 언제든 보물 창고의 지식을 꺼내 자신이 쓴 글에 더하여 글을 완성할 것이다. 그런 면에서 적절한 문구를 적재적소에 인용할 수 있는 것도 글쓰기 실력이다. 그러나 한 가지 유의할 점은 자신의 글이 부족한데 무턱대고 서두부터 유명인의 명언이나 좋은 문구, 자료부터 내세우는 글은 눈살을 찌푸리게 한다. 자칫 시류에 편승하려는 소인배의 글로 평가받을 수 있다. 주의할 것은 먼저 자신의 글이 좋아 공감 받는 게 우선이다. 자료나 명언 등의 문구는 다음이다.

◆ 엔딩 쓰기는 두고두고 생각나는 추억처럼 써라

사실 한 편의 글 중에 중요하지 않은 대목이 없다. 모두 중요하다. 끌리는 첫인상과 아쉬운 끝 인상. 처음은 처음대로 마지막은 마지막대로 중요하다. 그러기 때문에 작가는 처음부터 끝까지 긴장의 끈을 놓을 수 없도록 써야 한다. 잘 쓴 글은 도입부터 엔딩까지 하나의 생물체처럼 유기적으로 자연스럽게 연결되어 있다. 사람 간의 관계도 첫인상과 끝 인상 모두 중요하다. 사랑하는 사람과 헤어지는 마당에 끝 인상이 좋으면 두고두고 마음에 남아 아쉬운 것처럼 글도 마찬가지다. 마지막이 좋으면 오랫동안 기억에 남는다. 기억에 남는 엔딩 법은 친절하고 자세하게 설명하기보다 한발 앞서 끝내는 것이 좋다. 보내지 못할 사람을 보낸 것처럼 독자의 마음에 오래 기억될 것이다.

미국의 소설가 마거릿 미첼이 쓴 장편소설이자, 영화로도 제작된 ≪바람과 함께 사라지다≫를 읽거나 본 사람은 누구나 마지막 장면을 선명하게 기억할 것이다.

스칼렛 오하라는 사랑한다고 생각했던 애슐리와의 관계를 냉철하게 파악하면서 진짜 사랑하는 사람은 래트란 걸 깨닫는다. 스칼렛이 뒤늦게 래트에게 돌아가지만, 래트는 미련 없이 그녀의 곁을 떠난다. 하지만 강인한 스칼렛 오하라는 "결국 내일은 내일의 태양이 떠오를 테니까."란 대사와 함께 붉은 노을을 배경으로 나무 밑에 선다.

이같이 한 편의 글 중에 첫인상도 중요하지만, 끝 모습도 중요하다. 독자는 인상에 남는 마지막 책장을 덮으며 멋진 결말의 느낌을 오랫동안 간직한다. 오히려 시간을 두고 오래 기억하는 부분은 첫인상보다 마지막 모습의 여운일지도 모른다. 화룡점정이란 말처럼 대미를 장식하는 글의 결말 부분은 무엇보다 중요하다. 그러기에 작가는 어떻게 하면 멋진 결말을 써넣을까 고심하지 않을 수 없다.

다음은 오랫동안 기억되는 황순원의 단편소설 ≪소나기≫의 마지막 대사다.

"글쎄 말이지. 이번엔 꽤 여러 날 앓는 걸 약두 변변히 못 써 봤다더군. 지금 같애서는 윤초시네두 대가 끊긴 셈이지…. 그런

데 참 이번 기집애는 어린 것이 여간 잔망스럽지가 않어. 글쎄 죽기 전에 이런 말을 했다지 않어? 자기가 죽거든 입던 옷을 꼭 그대루 입혀서 묻어달라구….”

소설의 마지막 장을 덮을 때, 독자의 마음은 소녀의 죽음을 들은 소년의 마음과 동화되어서 오랫동안 아쉬움이 남게 된다.

이같이 글쓴이는 인상 깊은 결말을 남길 수 있도록 해야 한다. 그중 하나는 독자의 허를 찌르는 반전 결말이다. 주인공과 악인의 싸움에서 악인은 주인공을 끝까지 공경에 빠트린다. 독자는 손에 땀을 쥐며 주인공을 응원한다. 이 같은 상황에서 극적인 반전을 통해 강렬한 임팩트를 준다면 글은 성공한 것이다. 독자가 글을 읽고 나서 여운이 남는다, 재미있다, 감동적이다 라는 생각을 가지면 탁월한 결말이다.

엔딩 처리법 중 다른 하나는 물음을 던지면서 끝내는 방법이 있다. ‘~한 것은 ~것이 아닐까’라는 형식으로 글에 의미를 부여하는 방식이다. 이 방식은 물음으로 글을 마무리 함으로써 독자에게 생각의 퇴로를 열어주어 여운이 남게 한다.

◆가치 있는 의미부여로 글의 격을 높여라

글을 평가할 때 어떤 글을 잘 썼다고 생각할까? 보통 잘 쓴 글은 빼어난 문체나 재밌는 스토리, 잘 짜진 구성이 돋보인다. 문체와 스토리, 구성은 모두 잘 쓴 글의 요건이다. 그런데 좋은 글은 여기서 끝나지 않는다. 독자의 마음을 사로잡을 수 있는 '의미부여'가 빠질 수 없다. 의미부여가 없다면 '그래서 뭐 어쩌라는 거지?'라는 반응이 나올 수 있다. 가치 있는 글, 좋은 글에는 이에 꼭 맞게 의미를 부여하는 것이 글 전체의 격을 높여준다.

예를 들어 ≪노인과 바다≫의 노인은 다음과 같은 의미를 갖는 게 정설이다. '노인은 바다를 삶의 터전으로 삼고 살아간다. 소설은 노인을 통해 온갖 고난과 역경 속에서도 용기와 신념을 끝까지 잃지 않는 인간의 위대한 모습을 보여준다.'

글쓴이가 이 의미를 따와 같은 주제의 글에 적절히 녹여내면 글의 품격이 달라지게 할 수 있다. 의미부여를 잘 활용하면 글이 한층 고급스럽게 보인다.

Q
좋은 문장을 쓰기 위해
꼭 지켜야 할 법칙이 있나요?

좋은 글은 물 흐르듯 막힘없이 흘러간다. 문맥상 군더더기가 없다. 독자들이 글을 읽을 때 걸림돌을 느끼지 못한다. 이를 역으로 생각하면 걸림돌이 될 만한 것을 제거해주면 좋은 글이 된다는 말과 같다. 따라서 글을 읽고 어색하다면 해당하는 걸림돌을 없애거나 고쳐 주어야 한다. 이 과정을 반복할수록 글이 좋아진다.

누구든지 처음부터 좋은 글을 쓸 수 없다. 초고 쓸 때는 내용이 중요함으로 생각나는 대로 폭포수처럼 글을 써가는 것이 맞고, 어느 정도 틀이 완성되었을 때 블록을 맞추듯 엇나간 구성을 맞추며, 마지막으로 퇴고할 때 문장과 맞춤법, 띄어쓰기를 섬세하게 손보는 것이 좋다. 퇴고는 하면 할수록 글이 좋아지고 예뻐질 것이다. 퇴고의 의미가 여기에 있다.

그런데 문제는 글쓰기 초보자는 학습의 부족으로 무엇이 걸림돌인지 모른다는 것이다. 하여 초보자가 좋은 문장을 쓰기 위해서 다음과 같은 걸림돌 제거법칙을 알아두면 좋다. 즉 '일반적 글쓰기 법칙'이다. 초보자들이 글을 쓸 때 '일반적 글쓰기의 법칙'만 지켜주어도 세련된 글을 완성할 수 있다. 일반적 글쓰기 법칙, 다르게 말하면 '첨삭지도의 법칙'에는 중복 피하기 법칙, 금지의 법칙, 축약의 법칙, 단문 쓰기의 법칙 등이 있다. 초보자가 다음과 같은 법칙을 생각하면서 퇴고한다면 훌륭한 문장을 구사할 수 있고 좋은 평을 받을 수 있다.

◆중복 피하기 법칙

글쓰기에서 피해야 할 것 중에 하나가 중복이다. 이것은 같은 단어, 문장을 중복해서 쓰지 않는 법칙이다. 같은 말을 반복하는 것은 글을 지루하게 만든다. 글은 어두에서 어미, 명사부터 조사, 단어부터 문장에 이르기까지 중복이 있으면 세련된 글이 될 수 없다. 중복된 문장은 필요 없는 군더더기와 같다. 다양한 단어와 문장을 쓰는 것은 문장을 좋게 만든다. 그러므로 퇴고할 때 중요한 일 중의 하나가 중복을 없애는 것이다. 중복되지 않게 수정해야 군더더기 없는 탄탄한 문장을 만들 수 있다.

단 예외도 있다. 시나 문학 글에서 흔하게 발견할 수 있는데, 작가들은 의도적으로 혹은 문장의 리듬상 중복을 허용하기도 한다. 그러나 글쓰기 초보자는 중복 피하기 법칙을 지켜야 한다. 단어나 문장이 중복되면 글이 늘어지므로 이를 피하려는 노력이 글쓰기 실력이 된다. 중복하지 않기 위해 다른 단어를 찾는 노력은 어휘력, 문장력으로도 이어진다. 이같이 문장을 여러 번 고치는 과정은 글쓰기 실력을 좋게 한다.

1) 주어를 반복하지 마라.

초보자 글에는 〈나〉라는 주어가 자주 보인다. 그러나 문장에 문제가 없다면 〈나〉 뿐만 아니라 주어를 빼는 게 글을 세련되게 한다. 무의식적으로 주어를 자주 쓰는 버릇은 고치는 게 좋다.

2) 단어와 문장의 반복을 피하라.

단어나 문장의 중복은 글을 단순하고 지루하게 만들기 때문에 다양한 어휘를 사용하여 문장을 만들어가야 한다. 듣기 좋은 말도 여러 번 반복하면 듣기 싫어지기 때문이다. 단어뿐만 아니라 문장의 중복도 피해야 좋은 글이 된다. 초고를 완성하고 자주 등장하는 단어를 포털 사이트 사전에 쳐보라. 뜻과 비슷한 말, 순우리말 등 해당 단어의 다양한 쓰임이 뜬다. 비슷한 말 중 적합한 단어를 골라 글에 대입해보면 문장이 새로워 보이고 한층 더 고급스러워지는 것을 발견할 것이다.

3) 같은 뜻의 동사를 다양하게 사용하라.

글을 쓰다 보면 느낌을 나타내는 동사를 자주 쓰게 된다. 게다가 한정된 몇 개의 동사를 반복해서 사용한다. 똑같은 어미를 두 번 이상 쓰는 것은 중복이다. 이 역시 반복 사용하는 동사를 백과사전이나 포털 사이트 사전을 동원하여 다양하게 표현해보라. 문장이 더욱 좋아진다.

예를 들어 인터뷰 글에서 누군가 한 말을 옮겨 쓸 때, 〈~라고 말했다〉라는 어미를 많이 쓰게 되는데, 이것도 두 번 이상 나오면 중복에 해당한다. 이런 때는 보통 〈~ 라고 표현했다〉〈발표했다〉, 〈밝혔다〉, 〈전했다〉, 〈덧붙였다〉, 〈설명했다〉와 같은 동사로 적절하게 바꾸어 문장 리듬에 변화를 주면 좋다. 다양한 표현은 문장을 재미있게 하고 세련되게 한다. 글을 쓸 때 사전에서 찾은 표현을 메모해 두고 쓰면 중복을 피할 뿐만 아니라 어휘력도 풍부해진다.

　예시〉
　표현했다. / 전했다. / 주장했다. / 설명했다. / 부연했다. / 더했다. / 곁들였다. / 덧붙였다. / 말문을 열었다. / 운을 뗐다. / 말했다. / 밝혔다. / 발표했다.

4) 〈것〉 자를 반복하여 쓰지 말라.

초보자가 글에서 자주 쓰는 중복 중 하나가 〈~것〉 자이다. 중복은 글을 단순하게 한다. 그러기에 〈~것〉을 〈점〉이나 〈사실〉, 〈포인트〉, 〈이야기〉, 〈의견〉, 〈현상〉 등을 써서 다양하게 바꾸어 보자. 〈~것〉 자를 없애고 상황에 맞는 대체어를 찾다 보면 글쓰기가 향상된다. 다음 글에서 그 사실을 확인할 수 있다.

예〉
'특별히 강조하고 싶은 것은 네가 할 일은 꼭 해야 한다는 것이다.'
'특별히 강조하고 싶은 점은 네가 할 일은 꼭 해야 한다는 사실이다.'

글을 쓰다 보면 〈~것〉을 대체할 단어가 마땅치 않을 수 있다. 하지만 좋은 문장을 위해 반드시 찾아서 다양한 표현으로 바꿔야 한다. 왜냐하면 〈것〉 자의 남용으로 인해 문장이 단순해지고 심심해지기 때문이다. 우리에게는 독자에게 선보여야 할 많은 우리말이 있다. 쓰지 않으면 사장되기 때문에 〈~것〉 자 대신 보석 같은 단어들을 찾아 저마다 개성이 드러나도록 해야 한다. 다양한 어휘력은 문장을 다채롭고 풍성하게 하며 독자로 하여금 읽는 맛이 나게 한다.

5) 〈도〉, 〈등〉을 많이 쓰지 않도록 주의하라.

조사 〈도〉나 〈등〉 자의 중복은 글쓰기 초보자에게 반복적으로 나타난다. 주의하지 않고 습관적으로 사용하면 〈도〉나 〈등〉 자의 중복을 피할 수 없다. 그런데 〈도〉 자는 문장에서 생략해도 대부분 말이 된다. 속담 '님도 보고 뽕도 따고'는 '님 보고 뽕 따고'로 해도 문제없다. 비슷한 예로 '도랑도 치고 가재도 잡고'를 '도랑 치고 가재 잡고'로 '마당도 쓸고 동전도 줍고'를 '마당 쓸고 동전 줍고'로 하면 문장이 깔끔하다. 이같이 특별히 강조하고 싶을 때 외에는 생략하는 경우가 문장을 세련되게 한다.

〈도〉 자는 그냥 빼도 되고, 〈역시〉나 〈또한〉 혹은 〈~과 함께〉, 〈~와 같이〉와 같은 단어로 다양하게 대체해서 쓰면 좋다.

주의할 점은 〈도〉를 사용하지 말라는 게 아니라 너무 자주 쓰지 않아야 한다는 것이다. 어떤 단어든 반복 사용하다 보면 문장이 촌스러워지고 심심해진다. 먼저 쓴 글을 소리 내어 읽어보고 단어나 문장이 반복되어 어색하면 생략하거나 다른 대체어를 찾아야 한다.

의존명사 〈등〉 자 중복도 주의해야 한다. 〈등〉 자는 같은 대상이나 종류가 더 있음을 나타낸다. 따라서 글에서 꼭 필요한 단어다. 그러나 한 단락에 둘 이상 〈등〉 자가 들어가는 것은 글의 리듬상 좋지 않다. 반복되는 〈등〉 자는 문맥에 맞게 적당한 다른 말로 바꿔야 한다.

◆ 금지의 법칙

1) 과잉 꾸밈을 삼가라.

"제 이상형은 친구처럼 대화가 통하고 편하며, 청순하지만 야무지고 똑똑한 스타일의 귀엽고 건강한 여성입니다."

모 방송에서 한 남성이 말한 이상형이다. 위 문장은 수식어가 여러 개 들어갔다. 진짜 어떤 이상형을 원하는지 핵심이 모호하다. 문장에서 두 개 정도의 수식은 괜찮지만, 그 이상은 좋지 않다. 귀에 들어오지 않는다. 꾸밈말을 많이 사용해 자신의 감정을 표현하지만, 문장이 산만해지면 독자의 정신을 흐트러트리며 핵심 뜻이 제대로 전달되지 않는다. 수사법을 많이 쓴 글은 덕지덕지 화장한 여자 얼굴처럼 오히려 품격을 떨어뜨린다. 여자의 화장도 그렇듯이, 꾸며주는 수식어도 적당한 선에서 멈춰야 좋다.

2) 한 문장에 이중 주어를 사용하지 마라.

보편적으로 한 문장에는 하나의 의미나 생각을 전하는 게 좋다. 마찬가지로 주어도 한 문장에 하나만 쓰도록 해야 한다. 이중 주어는 어법에 맞지 않을 뿐만 아니라 독자를 혼란스럽게 한다. 의도하지 않았겠지만, 이는 대부분 단문이 아닌 문장을 길게 쓰는 버릇에서 비롯된다. 글을 처음 쓸 때는 문장을 끊어 쓰는 게 좋다. 장문 쓰는 버릇이 쉽게 고쳐지지 않는다면 글을 퇴고할 때 긴 글을 나누어보라. 문장이 담백해져 자신이 쓴 글의 의미가 쉽게 전달됨을 느낄 것이다.

3) 자신 없는 표현을 줄여라.

문학 글과 다르게 실용문은 자신 없는 표현과 추측성 표현이 글의 신뢰도를 확연하게 떨어지게 한다. 실용문은 정확한 표현을 선호한다. 가장 기초적인 사례를 들자면 두루뭉술하게 쓰는 날짜다. 〈언젠가〉, 〈한때〉, 〈몇 년 전〉, 혹은 〈어릴 적〉과 같은 표현은 구체적인 숫자로 바꿔야 한다. 부지런하게 자료를 찾아서 정확한 날짜나 년도를 제시해야 한다. 또 통계 수치나 자료는 정확한 숫자로 표현하는 것이 좋다. 실용문에서 〈~로 추측된다〉, 〈~고 한다〉와 〈~인 것 같다〉와 같은 자신 없는 표현은 쓰지 말아야 한다. 극히 드물게 나오면 괜찮지만, 자주 나오면 신뢰성에 문제로 좋은 평가를 받지 못한다.

4) 어울림이 있는 단어나 문장을 사용하라.

어휘가 부족하면 같은 단어와 표현을 반복하게 되는데 그렇게 되면 글이 단순해진다. 세련된 글쓰기를 하기 위해서는 다양한 어휘를 알고 쓰임대로 적재적소에 배치할 줄 알아야 한다. 반복을 피하기 위해 대체어를 쓸 때 한 가지 주의할 점은 단어 간의 어울림이 있어야 하고 궁합이 맞아야 한다. 문장 전후에 꼭 맞는 단어와 어휘를 선택하고 쓰임에 맞게 쓸 때 어색함이 없고 읽기도 좋다.

예를 들면 '모양'은 겉으로 보는 생김새를 가리키는 말이다. 비슷한 느낌을 내는 단어로는 '모습', '자태', '꼴', '꼬락서니', '몰골'이 있다. 이 단어들은 뜻이 비슷하지만, 말의 격이 다르다. 높여 귀하게 부르는 말이 있고 낮추어 부르는 말이 있다. 높여 부르는 순서대로 배치해보면 자태－모습－모양－꼴－꼬락서니－몰골 순이다. 이같이 뜻이 비슷한 단어를 쓸 때 상황과 의도에 따라 단어를 적재적소에 써야 문장이 산다. 사랑하는 여인에게 아름다운 자태에 반했다고 말하지 아름다운 꼬락서니나 아름다운 몰골에 반했다고 말하지 않는다. 멋진 남자에게 남자다운 모습이라고 하지 남자다운 꼴이라고 하지 않는다. 또 우리가 먹는 주식은 보통 밥이라고 표현하지만, 임금의 주식은 수라, 어른의 주식은 진지라고 표현한다. 이렇게 상대나 상태에 어울리는 단어를 적절히 조합해서 말하고자 하는 의도대로 정확하게 표현하면 좋은 문장이다.

잘못된 문장 예시와 바른 예시)

·진희는 바야흐로 노래를 불렀다. →

　진희는 바야흐로 노래를 부르려 한다.

· 그는 나로 하여금 웃었다. →

  그는 나로 하여금 웃게 했다.
· 나는 지금 여간 반갑다. →

  나는 지금 여간 반갑지 않다. (반가운 게 아니다.)
· 그 사람은 부모가 교통사고를 당했다는 소식에 안절부절했
  다. →

  그 사람은 부모가 교통사고를 당했다는 소식에 안절부절
  못했다.

또 좋은 글쓰기는 모호한 단어 쓰기를 자제해야 한다. 독자가
텍스트만 읽어도 뜻을 아는 데 큰 어려움이 없도록 써야 한다.
훌륭한 글에는 뚜렷한 주제의식, 주제에 맞는 정보와 지식, 반박
할 수 없는 명료한 논리, 적재적소에 배치된 어휘와 문장이라는
미덕을 유기적으로 갖추어야 한다. 글은 지식을 자랑하려고 쓰
는 게 아니다. 주제와 먼 지식을 백과사전 펼치듯 펼쳐 자랑에만
힘을 쓰다 보면 글이 모호해진다. 이럴 때는 아무리 좋은 정보나
지식도 과감히 생략해야 한다. 글은 내면을 표현하고 타인과 교
감하려고 쓰는 것이다. 다른 사람으로부터 공감을 끌어내지 못
하면 의미가 없다.

독자를 배려하지 않고 글을 쓰는 경우는 서평에서 많이 볼 수
있다. 글쓴이는 책을 읽었기 때문에 내용을 잘 알고 있지만, 독
자는 알지 못한다. 따라서 어린이에게 설명하듯 알기 쉽게 써야

한다. '주인공은 누구와 누구인데, 누구는 어땠고 무슨 일이 있었으며…' 하는 식으로 말이다. 흥미롭고 알기 쉬운 평은 독자의 관심을 불러일으켜 광고 효과도 생긴다.

5) 알기 힘든 한자어 표현과 전문용어, 습관적인 외국어 사용을 자제하라.

글을 쓸 때는 읽는 사람이 누구인지 미리 살피고 눈높이에 맞게 써야 한다. 독자가 유아 상대인지 노년 상대인지에 따라 글이 달라져야 한다. 모르는 단어나 문장, 한자어, 외래어가 습관적으로 나오면 안 된다. 어렵거나 낯선 단어를 쓸 땐 '독자가 혹시 이 단어를 알까'라는 배려하는 마음으로 써야 한다. 알기 힘든 한자어의 표현과 전문용어, 습관적인 외국어, 필요 없는 비교, 넘치는 감정을 자제함으로써 세련되고 읽기 쉬운 글을 써보자.

◆축약의 법칙

1) 불필요한 말을 없애라.

패션의 문외한이 멋 좀 부리려고 쓸데없는 아이템을 덕지덕지 붙이는 것처럼 보통 사람이 쓴 글을 보면 빼도 좋을 단어나 문장이 수두룩하게 많다. 글은 살을 빼듯 군더더기를 줄여야 세련된 맛이 나고 의도한 뜻을 쉽게 전할 수 있다. 필요 없는 말이 문장에 넘치면 아마추어 글이다. 좋은 글은 운동으로 다져진 몸매처럼 군살 없이 깔끔하다. 좋은 글을 쓰기 위해서는 필요 없는 단어나 문장을 반드시 지워야 한다. 윌리엄 진서는 "좋은 글쓰기의 비결은 모든 문장에서 가장 분명한 요소만 남기고 군더더기를 걷어내는 데 있다"라고 했다. 이는 간결하게 쓰라는 뜻이다. 보통 글쓰기를 끝내고 난 뒤 퇴고할 때 잘 썼는지 보기 쉬운데, 그보다는 글을 더 줄일 수 있는지, 반복되는 부분은 없는지, 전체적으로 살펴보아야 한다.

2) 빼도 좋을 조사는 빼라.

조사(助詞)는 주로 명사에 붙어서 다른 말과의 관계를 나타내거나 특별한 뜻을 더해 주는 품사다. 대표적으로 '~이(가)', '~을(를)', '~에게' 등이 있다. 조사는 실질적인 의미를 갖지 않는 문법형태소의 하나다. 그러기 때문에 조사나 보조사를 줄이면 문장이 산뜻해진다. 예를 들면 문장에서 주어가 복수임을 나타내는 보조사 〈들〉이 불필요하게 많이 쓰일 때가 있다. 영어는 단수와 복수를 민감하게 구분하지만 한국어는 굳이 밝히지 않아도 된다. 즉 '요즘 손님이 너무 없다.' 하면 되지 '요즘 손님들이 너무 없다.'고 하지 않는다. '예쁜 꽃이 흐드러지게 피었네.'라고 하면 되지 '예쁜 꽃들이 흐드러지게 피었네.'라고 쓸 필요가 없다. '많은 시민이 사회적 거리 두기를 한다.'로 하면 되지 '많은 시민들이 사회적 거리 두기를 한다.'로 하지 않는다. 따라서 빼도 좋을 조사나 보조사를 과감하게 빼는 것이 좋다.

◆단문 쓰기의 법칙

1) 문장의 허리를 끊어라.

좋은 문장을 쓰기 위한 방법 중 하나는 긴 문장을 끊어서 단문으로 만드는 일이다. 장문은 이중 주어, 이중 의미 등으로 논지를 흐리기 쉬워 독자의 이해를 어렵게 하기 때문에 단문으로 만들어야 한다. 문장을 나눌 때 주의할 점은 반복되는 부분과 필요 없는 부분을 없애야 한다. 단문 쓰기를 통해 길어진 문장을 줄일 수 있는 데까지 줄여야 좋은 글이 된다.

2) 접속사를 적절하게 활용하여 앞뒤를 이어주라.

물건의 종류나 특성 등 여러 가지 사안을 열거할 때 문장이 길어지기 쉽다. 이럴 때는 적당한 접속사를 사용해 글을 끊도록 하는 게 좋다. 그러나 주의할 점은 접속사가 많아지면 글의 묘미가 없어지고 전후가 맞지 않을 때가 있다. 따라서 접속사를 남발하지 말고 앞뒤 문맥을 보아 적절히 사용해야 한다.

♣ 실용 글쓰기

글쓰기야말로 위대한 기술이다.

(자크바르)

Q
블로그나 SNS에
서평이나 감상문을 올리고 싶은데
어떻게 쓰면 좋을까요?

문학은 크게 시와 소설 등 창작에 해당하는 글과 이를 평론하는 비평서로 나눌 수 있다. 비평서는 어느 정도 전문 분야이며, 평론가들이 책을 읽은 후에 평이 가능하다는 특성이 있다. 사실 책을 평가하는 서평은 해당 지식과 식견을 요구하는 작업이기 때문에 비평가들에게도 쉽지 않다. 하물며 아마추어에게는 더 어렵게 느껴지는 게 당연하다. 비전문가는 평가라는 대목에서 부담감이 적지 않다. 제대로 된 평은 물론이고 촌평 역시 쉬운 일이 아니다. 글쓰기에 자신 없는 초보자는 쓰고도 '이게 맞나' 하는 느낌이 들어 고개를 갸웃거린다. 이같이 책에 대한 평을 글로 쓰는 것은 쉬운 문제가 아니다. 그러나 서평이 어렵게 느껴지는 이유는 아이러니하게도 바로 여기에 있다. 무엇보다 서평에 대한 왜곡된 인식이 한 요인을 차지한다. 그동안 서평은 전문 비평가나 신문사 문화부 기자의 몫으로 생각했다. 지금은 좀 달라졌지만, 과거 이들이 쓴 서평은 매우 어려웠다. 심지어 창작 글보다 서평이 읽기 힘든 경우가 많았다. 어려운 전문용어를 사용하여 가독성이 떨어졌다. 마치 평론가는 작가보다 한 수 위인 양, 어려운 말로 평가하며 난도질하듯 서평을 썼다. 나름의 역할이 있고 문학사에 공헌한 업적은 있지만 바로 이점이 대중과 멀어지게 하는 요인이 되었다. 비평가들은 서평이 자기들만의 전문분야라는 고정관념을 알게 모르게 심어놓았다. 독자는 이에 따라 자기만의 창의적인 평을 내기보다는 전문가의 평을 따르고 인용하는 경향이 있었다.

이외 비전문가가 서평 쓰기를 어렵게 생각하게 만드는 또 다른 이유 중 하나는 서평이 '독후감'이라는 인식이다. 독후감을 말 그대로 풀이하면 책을 읽고 난 느낌을 글로 표현하는 일이다. 비전문가는 이 뜻풀이에 충실하게 글을 쓴다. 그러나 느낌이나 생각을 글로 표현하는 작업은 쉽지 않다. 또 그렇게 할 필요도 없다. 앞서 말한 것처럼 느낌만으로 글을 쓰다 보면 평이 단조롭게 되고 글도 허접해 보이기 쉽다.

예컨대 파트리크 쥐스킨트의 소설 《좀머 씨 이야기》를 읽고 매우 좋은 감정을 느꼈다고 하자. 그것을 감정 위주 글로 나타내라고 한다면 어떨까. 전쟁의 상처를 이기지 못한 좀머 씨는 아픔을 잊으려 빗속을 뛰어다니다 결국 자살했기 때문에 마음이 아프다. 정도일 것이다. 그러나 그것보다 이야기를 확대하여 시대적 배경이 되는 전쟁을 들추어 보고, 전쟁 폐해의 작품들을 비교 대조하면 내용이 풍성해질 것이다. 이같이 감정이나 느낌만으로 서평을 쓴다면 초보자뿐만 아니라 글을 제법 쓰는 사람도 어려울 것이다. 독후감은 생각과 느낌만으로 종이를 가득 채워야 한다는 그릇된 생각으로 접근하면 쓰기 어렵다. 게다가 생각과 느낌, 의견만으로 A4용지를 채우는 일은 무모하다. 많은 네티즌이 쓴 서평의 문제점은 글자 그대로 소위 '독후감'을 써낸다는 데 있다. 그런 종류의 서평을 읽어보면 감상 수준을 벗어나지 못한다. 책의 내용은 언급되지 않은 채 좋다 나쁘다 식의 감상만 쓰면 그 책이 어떤 책인지 독자는 알 수 없다. 혼자만의 취향을 나타내는 독백에 그치고 만다.

서평은 대단한 안목이 없다 해도 몇 가지 핵심만 알면 누구나 쓸 수 있다. 소설의 뼈대가 되는 줄거리부터 등장인물의 캐릭터, 문체, 명장면과 명문장이 서평 쓰기의 글감이 될 수 있다. 때론 작가가 소설을 쓰게 된 모티브나 숨겨진 이야기, 작품 자체에 대한 감상 또는 시대적 배경을 잘 서술하면 재미있는 서평이 나올 수 있다.

유의할 점은 서평이 책 안내와 홍보의 역할을 하는 것이다. 그런데 서평을 통해 책을 추천하거나 소개하는 행위는 말이 아닌 글로 이루어져야 한다. '듣기'나 '보기'가 아닌 '읽기'다. 보는 데 익숙한 요즘 영상세대에게 말이나 이미지가 아닌 활자로 정보를 공급해야 한다는 사실은 좋은 책을 알리는 데 불리한 점이 없지 않다. 그러나 서평은 책을 안내하고 홍보하기 때문에 어떻게 쓰느냐에 따라 책의 인지도가 달라질 수 있다. 쓰기에 따라 광고 효과를 극대화할 수 있다. 이것은 글쓰기 즉 서평 쓰기의 중요성이 얼마나 큰지 말해준다.

다음은 서평을 잘 쓰기 위한 몇 가지 방법이다.

◆ 키워드나 용어부터 파악하자

어려운 전문서적의 서평을 쓸 때, 가장 중요한 기본은 우선 개념 이해가 먼저다. 내용의 이해 없이 서평은 있을 수 없다. 활자화된 글은 책임감의 무게가 크다. 자칫 과오를 범할 수 있기 때문에 서평을 쓰려는 독자는 현실을 분석해서 내놓은 키워드나 용어를 주목하고 충분히 이해해야 한다. 그 부분만 주의한다면 책 내용을 반절 이상 파악했다고 보아도 무리가 아니다. 먼저 새로운 용어나 이론, 법칙 혹은 콘셉트를 이해하고 이를 활용하여 서평을 써 보자. 서평 쓸 때 그 부분이 핵심이다. 전문서적 서평은 인상적인 키워드 몇 가지를 활용하여 메시지를 던져도 괜찮은 글이 나올 수 있다.

◆독자가 공감할 수 있는 내용 위주로 써라

일반적으로 인문학이나 철학, 과학 관련 전문 책은 어렵다. 읽기 힘든 내용을 서평까지 쓰려면 더욱 어렵게 느껴질 것이다. 여기에는 저자가 자신이 알고 있는 전문지식을 쉽게 글로 풀어 쓰지 못하는 데도 원인이 있다. 글을 쓰는 저자의 문체가 어려우니 내용과 상관없이 이를 읽는 독자의 가독성도 떨어진다. 전공과 상관없이 글쓰기 교육이 필수 기초 교육임을 보여주는 대목이다. 번역서를 보면 더욱 공감할 것이다. 전문작가가 아닌 번역가의 손을 거친 책은 여간 이해하기 힘든 게 아니다. 좋지 않은 문장의 예가 많기 때문이다. 책을 좋아하는 사람도 눈은 읽고 있지만, 내용이 쏙쏙 들어오지 않아 결국 책장을 덮는 경우가 허다하다. 그러기에 '서평 쓰기' 초보자는 난해한 책을 붙잡고 씨름하기보다 쉬운 책을 공략하면서 내공을 쌓는 게 더 좋다. 그럼에도 인내를 가지고 읽어야 하는 인문, 사회, 과학, 철학, 역사책의 서평을 써야 할 경우는 어떻게 해야 할까? 핵심은 딱딱하고 어려운 내용을 독자가 공감할 수 있게 소개해주는 데에 있다. 어려운 말을 쉽게 풀어내야 한다. 그게 실력이다. 서평 쓸 때 놓치기 쉬운 것 중 하나는 책을 평가하려고 한다는 것이다. 그러나 아이러니하게도 서평은 책을 평가하려고 드는 순간부터 실패하기 쉽다. 또한, 책 내용을 서평 안에 전부 챙겨 넣으려면 쓰기 어렵다. 따라서 전문서적은 핵심 개념이나 메시지를 이해한 뒤 인상적인 대목과 공감되는 부분을 메시지와 연결시켜 쓰도록 해야 한다. 서평도 핵심 잡는 일이 중요하다. 포인트는 글 쓰는 이가 이해한 부분, 독자가 흥미를 지닐 대목에 있다. 독자가 공감할 부분을 공략하여 서평을 쓰면 좋은 평을 받을 수 있다.

◆ 책 표지나 서문도 서평의 소재다

책 읽기의 시작은 표지부터 시작한다. 책을 고를 때 독자들은 책 표지와 문구부터 읽는다. 표지 앞뒤의 대표 문구는 내용을 함축하거나 상징하기 때문이다. 표지 디자인도 마찬가지다. 표지의 디자인은 내용을 함축하고 있는 그림이나 사진이 대부분이기 때문에 사람의 얼굴과 같다. 잘 생기거나 예쁜 얼굴은 다시 보고 싶은 것과 같이 책도 그렇다. 책 표지부터 첫인상을 얼마나 좋게 남기느냐가 선택의 여부를 결정한다. 책 구매하는 동기 중 하나가 디자인이란 사실은 누구도 부인할 수 없다. 그러기 때문에 표지 디자인도 서평의 소재가 되어왔다. 그런가 하면 한 줄 평이나 추천사나 책의 서문도 서평의 소재가 된다. 새로 발간된 시집이나 소설책 앞이나 뒤를 들춰보면 기관이나 유명인이 쓴 서문이나 추천사를 쉽게 볼 수 있다. 독자는 그 서문을 보고 책을 사고 싶을 수도 덮을 수도 있다. 그러기 때문에 추천 평은 서평 쓰기의 중요한 모티브가 될 수 있다. 일반 독자의 평가도 서평에서 고민할 내용이다. 추천 평과 일반 평, 거기에 자신의 느낌을 비교하여 서평을 쓴다면 또 다른 재미가 있다.

◆ 정보력으로 숨겨진 이야기를 써라

≪미움받을 용기≫, ≪아낌없이 주는 나무≫, ≪칭찬은 고래도 춤추게 한다≫는 한번쯤 들어본 책 제목이다. 특이한 제목은 그 자체가 서평의 소재다. 독자들은 어떻게 책 제목을 그렇게 지었을까 숨겨진 이야기를 궁금해 한다. 그런 의미에서 사실을 기반으로 한 정보로 독자가 갖는 궁금증을 자연스럽게 풀어주는 것은 훌륭한 서평 쓰기 방법 중 하나다.

2007년 가을 계간 ≪시인 세계≫의 기획특집으로 출간된 ≪벼락 치듯 나를 전율시킨 최고의 시구≫의 부제는 〈시인들이 뽑은 '내 영혼에 남아 있는 시의 한 구절'〉이다. 한국 시단을 대표하는 109명이나 되는 시인들이 추천한 시를 담고 있는 책이다. 제목에서부터 비하인드 스토리가 많을 것 같아 숨겨진 사연이 궁금해진다. 게다가 '시인이 읽고 전율한 시는 누구의 어떤 시가 있을까'라는 강한 궁금증이 생긴다. 또 '어떤 시가 가장 많이 거론 되었을까' 혹은 '시의 어떤 면이 전율케 했을까'라는 의문도 생긴다. 책 제목 ≪벼락 치듯 나를 전율시킨 최고의 시구≫를 참고해서 서평 제목을 '시인을 벼락처럼 전율시킨 시는 어떤 시가 있을까?'로 정하고 추천된 시 몇 편과 눈길을 끄는 사연으로 글을 쓰거나, '시인을 가장 많이 전율시킨 시인의 시인은 누구일까'를 넣어 글을 쓴다면 흥미로운 서평이 될 것이다.

좋은 서평의 조건은 먼저 쉽게 읽혀야 하고 책 내용을 알 수 있게 해야 한다. 다음은 마음을 움직일 수 있어야 하고, 좋은 책인지 나쁜 책인지 글쓴이의 의견을 알 수 있게 해야 한다. 글쓴이의 의견이 빠진 서평은 결코 좋은 서평이 아니다.

◆ 흥미로운 단어로 핵심을 엮어라

좋은 서평은 독자의 기억에 남고 어떤 형태로든 영향을 미친다. 그러므로 글쓴이는 좋은 서평을 쓰기 위해 책의 핵심 내용을 찾고, 그것을 간단명료하게 특정 짓는 일이 필요하다. 이것은 쉽게 말해 독자에게 내용을 잘 전달할 수 있도록 묘안을 찾는 것이다. 김난도의 ≪아프니깐 청춘이다≫를 예로 들어보자. 책은 안정적 미래만을 찾아가는 사회 현상을 꼬집으며 단순히 안정적인 미래에만 매달릴 게 아니라 자신이 원하는 미래를 설계하고 그 미래를 향해 나아가라고 충고한다. 하는 일이 잘 풀리지 않더라도 아직 많은 시간이 남아있으므로, 포기하지 말 것도 당부한다. 책은 평균수명 중 20세는 하루의 시간으로 따져 오전 6시로, 29세는 오전 8시 42분에 해당한다고 기술하며 늦었다고 포기하려는 자는 자기기만이라고 말한다. ≪아프니깐 청춘이다≫는 불확실한 미래를 준비하는 젊은 층이 한 번쯤 읽어볼 만한 멘토 같은 책이다. 그러나 '아프니깐 청춘일까? 꿈꾸니까 청춘일까?'나 '아프니깐 청춘일까? 바쁘니까 청춘일까?'란 제목으로 서평을 쓰면 안주하기보다 꿈을 이루기 위해 치열하게 사는 청춘을 '콘셉트화'해서 '서평 쓰기'를 할 수 있다. 서평을 쓸 때 톡톡 튀는 제목으로 재구성해서 글을 쓰면 독자의 시선도 사로잡고 색다른 서평으로 좋은 평가를 받을 수 있다.

◆ 유익한 정보나 특종을 활용하라

책은 다양한 지식과 정보의 창고다. 좋은 책은 생각을 살찌게 하는 정보들이 많이 담겨 있다. 인문·자연·과학·철학·역사 책은 특히 정보 집약적이다. 많은 정보 중에 평소에 접하지 못하는 특종에 해당하는 핵심을 찾아 서평을 써보는 일은 독자에게 관심을 유발한다. 독자는 유익한 정보나 특종이 있는 서평을 흥미롭게 여긴다.

◆ 책과 책을 비교, 대조하라

어떤 책에 대한 서평을 쓸 때, 딱 한 권의 책으로 서평을 쓰는 것은 정보와 배경에 있어 부족한 면이 없지 않다. 부족한 정보와 배경으로 글을 쓰다 보면 서평의 내용도 부실할 수 있다. 서평 쓰는 데 익숙하지 않은 초보자가 이런 방법을 주로 쓴다. 독서량이 많은 전문가는 오히려 책과 책을 비교 대조하는 방식을 선호한다. 비슷한 책이 나오면, 한데 묶어서 서평을 쓴다. 비슷한 장르나 같은 주제의 책이 그 대상이 된다. 때로는 대조되는 내용의 '서평 쓰기'도 흥미롭다. 시기가 달라도 문제가 되지 않는다. 독서량이 얼마냐에 따라 서평의 질이 달라지는 것이다. 작가의 비슷한 작품 이야기나 다른 작가의 작품을 비교, 대조하면 알찬 서평이 나온다.

독서의 즐거움을 아는 사람은 비교, 대조되는 좋은 작품을 접할 때 기분이 좋다. 책을 좋아하는 독자는 책 속에 소개된 책에도 관심을 갖는다. 특정 책을 읽는 동안 해당 책 안에서 새로운 책 이야기를 접하면 맛집을 추천받는 느낌이 들어 읽고 싶어진다. 이런 점을 고려해서, 책 속에 나온 책 이야길 쓰는 것도 서평의 한 방법이다.

〈서평 예시〉

소설 ≪고발≫은 북한 내 반디라는 필명의 작가가 목숨을 걸고 북한 주민의 부조리한 속사정을 쓴 내용이다. 반디는 탈

북하는 친척에게 원고를 밀반출하여 우리 손에 넘어오게 해 현재 20개국 18개 언어권에서 출간되었다. 올해 문학밥에서 출간된 종교계의 보이지 않는 속사정을 다룬 필자의 소설 ≪고백≫과 다산책방에서 출간된 북한 주민의 보이지 않는 속사정을 다룬 ≪고발≫은 제목과 출간된 시기도 비슷하여 나의 관심을 끌기에 충분했다.

≪고발≫과 ≪고백≫. 한국어 사전에 고백이란 마음속에 숨긴 일이나 생각한 바를 사실대로 솔직하게 말함이다. 반면 고발은 어떤 사람이나 단체가 다른 사람이나 단체의 잘못이나 부조리를 드러내어 알린다는 뜻이다. 나는 고백과 고발의 사전적 의미를 머릿속에 대뇌이며, 남한 소설가로서 북한 소설가가 쓴 책을 살펴보았다.

'북한의 솔제니친'이라고도 불리는 반체제 작가 반디(필명)의 소설집 ≪고발≫은 1980년대 후반부터 1990년대 초반까지의 사회주의 독재 체제를 배경에 두고 그 속에서 양산되는 여러 가지 부조리한 현상을 7개의 이야기로 구성하여 현실적으로 그려냈다.

한국전쟁 후, 북한은 사회주의 체제 국가를 내세우며 다 같이 평등하게 잘 먹고 잘 살자고 주장했지만, 시간이 지남에 따라 결국 그 이상을 뛰어넘지 못하고 사회주의 독재 세습 체제 국가로 변질되었다. 그러기에 북한은 철저히 외부와 차단되어 세계에서 가장 비밀스러운 국가가 되었다. 분단 이후 40여 년을 사회주의 독재 체제 안에 고립되어 살아온 북한 주민의 실상을 나타낸 소설 ≪고발≫.

필자는 그들이 사회주의 독재 안에서 인간으로서 어떤 생각을 하며 살아갈까? 그 솔직한 속내가 궁금하여 소제목에 따라 내용을 분류했다.

·시집의 가정성분이 나빠 남편 몰래 낙태를 하여 자식에게 가시밭길 같은 가정성분을 대물림하고 싶지 않은 엄마의 마음, 이런 아내의 속사정을 모르고 남편은 아내를 의심한다.

·여행증 없이는 이동이 금지된 북한 사회에서 멀지 않은 곳에 사는 노모의 임종을 지키려는 아들이 천신만고 끝에 고향 문턱에 도달했지만, 그 여행증이 없어 지척에 있는 병든 노모를 보지 못하고 다시 자신의 집으로 송환된다. 이에 뒤따라 도착하는 어머니의 사망을 알리는 전보 한 장을 아들이 허탈하게 바라본다.

·창밖으로 보이는 마르크스와 김일성의 초상화에 경기를 일으키는 어린아이를 키우는 엄마, 이 유령 같은 도시에서 아이의 정신을 나약하게 유전시켰다는 죄목으로 결국 평양 도심에서 쫓겨나는 가족은 속이 한 줌만 한 놀란 토끼들이 사는 유령도시의 수많은 평양시민을 보며 마르크스의 이론 프롤레타리아독재의 허상을 뼈저리게 되새겨 본다.

·독재 체제에 순응하는 보위 주재원 홍영표는 자유의 바람이 든 아들과 갈등을 겪는다. 아들 경훈은 석 달째 배급을 못 타고 굶주리는 인민들이 김일성의 죽음에 조의를 표하며 줄줄 흘리는 애도의 눈물이 실상은 연극이 아니고 뭐냐고 아버지 홍영표에게 따져 묻는다. 홍영표는 정치생명이 달린 문제라

아들 경훈을 죽이려 든다. 그러나 곧 홍영표 자신도 결국 무대
에 선 끔찍한 연극배우라는 것을 깨닫는다.

이처럼 ≪고발≫에 수록된 이야기에는 북한 체제에서 생활
하는 다양한 사람들의 생활이 생생하게 그려져 있다. 작가 반
디는 이런 평범한 남녀가 일상에서 마주하는 끔찍한 부조리를
보여줌으로써 절망과 암흑의 끝에서도 지속하는, 지속하여야
하는 삶을 그렸고 그러나 결국은 이념과 체제로도 말살시킬
수 없는 인간애를 보여주어 그 가치를 더욱 발한다.

북녘땅 50년을
말하는 기계로,
멍에 쓴 인간으로 살며

재능이 아니라
의분으로,
잉크에 펜으로가 아니라
피눈물에 뼈로 적은
나의 이 글

사막처럼 메마르고
초원처럼 거칠어도,
병인처럼 초라하고
석기처럼 미숙해도

독자여!

삼가 읽어다오

책의 서두에 쓰인 작가의 짧은 글이다.

북한 사회 안에 자신의 존재를 숨기며 사는 반디는 공개적으로 정권을 비판하거나 자신의 실명을 걸고 세계를 향해 북한의 부조리한 현실을 고발할 수 없다. 그가 비밀리에 남한으로 반출시킨 원고와 함께 보낸 위 제목 없는 글에서 왜 자신을 가리켜 '말하는 기계' '멍에 쓴 인간'이라고 했는지, 왜 '피눈물에 뼈로 적은 나의 이 글'이라고 했는지, 우리는 다시 한번 형제 북한의 속사정을 심각하게 생각해볼 필요가 있다.

인천 상륙 작전을 지휘한 맥아더는 한국전쟁을 '신학의 싸움' 즉 '신들의 싸움'이라고 언급한 바 있다. 한국전쟁은 먹을 것, 입을 것을 빼앗으려고 칼로 주먹으로 싸우는 육체의 싸움이 아니었고 생각의 다름으로 싸우는 정신의 싸움이었다. 그러기에 국민은 정작 총칼을 들어 자신의 목숨을 걸고 싸우기는 하면서도 그 까닭과 뜻을 모르는 이가 많았다. 결국, 이념으로 두 조각 난 한반도는 자유민주주의 체제 남한과 사회주의 독재 체제 북한으로 나뉘었다. 종교의 자유가 있는 남한에 비해 북한의 대표 교회인 봉수교회는 김일성을 하나님이라 가르쳤다. 맥아더의 한국전쟁에 대한 언급이 틀리지 않은 것이다.

이렇게 두 조각난 남한과 북한은 현재 분단 70년을 맞이하고 있다. 먹고살 만한 자유민주주의 남한 작가는 보이지 않는 신들의 종교 세계를 더듬어 오늘날 소설 ≪고백≫을 썼고, 먹고 살 만하지 못한 사회주의 독재 체제 북한 작가 반디는 기본적인 의식주의 결핍과 자유를 빼앗긴 삶에서 뼈저리게 밀려오는 사회 부조리를 글로 썼다. 나는 피로 물든 지난 한국 역사와 이념의 차이에서 나온 이 아이러니한 결과를 가슴 아프게 생각하며, 소설 ≪고발≫의 책장을 덮고 먹먹한 가슴으로 한참 동안 먼 산을 바라보아야만 했다.

소설 ≪고발≫을 고발한다. 전문

Q
회사에서 보고서나 기획서를
써야 하는데 어떻게 쓰면 좋을까요?

직장에서 흔히 쓰는 비즈니스 글쓰기는 실용문이다. 상호 이익이 목적이다. 그러므로 문서의 내용이 선명하지 않고 산만하거나 중구난방이면 외면받을 수 있다. 보고서는 바쁜 가운데 보고받는 사람과 보고하는 사람이 경제적인 문제로 얽혀 서류를 주고받기 때문에 어떤 글보다 분명하고 간결해야 한다. 그러나 한 가지 주의할 점은 과도한 압축으로 문서를 읽으면서 오히려 의문이 들어서는 안 된다. 불필요한 미사여구나 수식어 없이 육하원칙에 맞게 기술해야 한다.

◆보고 받는 사람 입장에 서서 생각하라

보고서는 학교의 경우 학습능력 테스트 차원에서, 단체나 직장의 경우 업무 차원에서 많이 요구한다. 이럴 경우 보고자는 먼저 어떤 성격의 보고서인지, 누구한테 보고하는 문서인지 생각해야 한다. 보고서는 상대에 따라 달라져야 하기 때문이다. 어린 아이에게 쓴다면 쉽게 설명하듯 해야 하고, 웃어른에게는 예의 바르게 써야 한다. 또 보고 받는 사람의 입장을 고려해서 써야 상대가 이해하기 쉽다. 업무용 보고서는 엄격하고 정확해야 하며 두리뭉실하지 않고 계산이 맞아야 한다. 또한 정책결정권자의 의도를 파악하고 작성하는 것이 중요하다. 상대가 무엇을 원하는지 생각하고 써야 효과가 있다. 이것은 곧 상대의 입장에 선다는 걸 의미한다. 상대의 마음을 읽고 결정권자의 눈높이에 맞춰서 쓸 때 좋은 결과가 있다. 업무용 글쓰기에서 무엇보다 주의할 점은 내용을 이해하도록 쓰는 일이다. 아무리 글솜씨가 빼어난 글이라 해도 이해타산이 맞지 않고 상대가 이해할 수 없다면 빵점이다. 그리고 그런 글은 오히려 좋은 평을 받지 못한다. 비즈니스 문서의 기술 방식은 담백하고 논리에 맞게 서술해야 하며 추가 질문 사항이 발생하지 않도록 완전한 형식으로 작성해야 한다. 반면 보고받는 사람이 업무를 잘 이해한다면 웬만한 것은 생략해도 좋지만, 이해하지 못한 경우라면 부연설명을 달아야 한다.

또 하나 주의할 점은 작성자는 자신의 상황과 보고 받는 쪽의 상황이 다르다는 것을 염두에 두어야 한다. 문서 받는 상사나 거래처 직원의 상황은 보내는 쪽의 형편보다 훨씬 복잡할 수 있다.

업무에 지친 거래처 결정권자는 산더미처럼 쌓인 각종 보고서의 제목이나 서두만 대충 훑어보고 던져버릴 수도 있다. 작성자 입장에서는 읽어주기 바라지만, 그것은 희망으로 끝날 수 있다. 그러므로 상대의 눈길을 끄는 무언가가 보고서 처음부터 있어야 한다. 그렇지 않다면 목적을 달성할 수 없다. 또한 비즈니스 문서는 상대의 가려운 곳을 긁어줄 수 있어야 한다. 예를 들어 상대에게 꼭 필요한 내용이나 아이디어를 주면 좋다. 요즘엔 어느 회사나 단체건 무엇인가 새로운 기획이 필요하다. 이때 관심을 끌 획기적인 제안서나 기획서를 만들어주면 원하는 것을 이룰 수 있을 것이다.

◆ 본론부터 말하라

비즈니스 글쓰기의 기본 형태는 대부분 두괄식이다. 결론부터 말하고 설명해야 한다. 바쁜 직장 생활 속에 서론을 장황하게 설명하면 성질 급한 상사는 "그래서 본론이 뭔데?"라고 소리치거나 "요점이 뭔데?" 하며 말을 자르고 면박할 것이다. 비즈니스 글쓰기에 서론이 길어지면 우물쭈물하게 보일 수 있다. 그러므로 비즈니스 글쓰기는 중요 메시지를 먼저 던진 후에 이를 보강하고 뒷받침해주는 설명이 뒤따라야 한다. 상대에게 용건을 제시한 후, 그 근거가 무엇인지 서술하는 식이다. 상대는 보고서나

기획서의 첫마디를 훑어보고, 계속 읽을지 여부를 결정할 것이
다. 보고서의 뜻만 명확하다면 분량은 적을수록 좋다.

비즈니스 글쓰기 형태

1〉 중요한 용건 먼저 쓰기
2〉 설명하거나 이유 쓰기

예시1〉
"그 누구보다 열심히 준비했습니다. 힘껏 일하겠습니다. 합
격시켜 주십시오."

이 문장을 비즈니스 글쓰기 기법에 따라 쓴다면 이렇게 바뀐다.

"합격시켜 주십시오. 힘껏 일하겠습니다. 그 누구보다 열심
히 준비했습니다."

예시2〉
"당신은 능력있는 사람입니다. 함께하고 싶습니다. 합격입
니다."

이 문장을 비즈니스 글쓰기 기법에 따라 쓴다면 이렇게 바뀐다.

"합격입니다. 함께하고 싶습니다. 당신은 능력있는 사람입
니다."

◆ 눈길을 끌 핵심을 찾아라

보고서나 기획서 작성할 때는 여러 가지 사항 중에 무엇을 강
조할 것인지 분명하게 결정해야 한다. 이를테면 세미나에 다녀
와서 보고서를 작성할 경우, 당연히 무엇을 핵심으로 쓸지 찾아
야 한다. 이것은 '이번 세미나에 특별한 점이 무엇이 있었나?'라
고 총평하는 것과 같다.

앞에서 말했다시피 실용문의 3요소는 배경-내용-의견이다.
이 세 가지를 앞뒤로 나열만 하면 밋밋한 설명서와 다름없다. 따
라서 무엇을 강조할지 핵심을 잡아야 한다. 강조할 핵심은 배
경-내용-의견 중 어디에나 있을 수 있고 상황에 따라 강조할
포인트가 다르다는 것을 유의해야 한다. 예를 들면, 콘퍼런스를
누가 개최했는지, 누가 참가했는지는 배경에 해당된다. 하지만
이때 콘퍼런스에 특별한 손님이 참가했다면, 그것이 핵심이 될
수 있다. 보고서 첫 줄은 당연히 '제 몇 회 콘퍼런스에 누구께서
자리하여 격려했다'가 올 것이다. 마찬가지로 내용에 신기술 발

표가 있었다면 '콘퍼런스에 신기술 개발 발표'가 핵심이며 맨 앞 줄에 올 것이다.

요약해보면 보고서 글쓰기는 다음처럼 진행된다. 배경과 내용, 의견을 따로 써둔다. 이어 내세울 핵심이 무엇인지 생각해보고 포인트가 속한 부분을 맨 앞에 배치하고, 나머지 부분을 뒤로 넣는다.

비즈니스 글쓰기 과정

1〉 배경, 내용, 의견을 따로 써둔다.
2〉 핵심이 무엇인지, 부각시키고 싶은 내용은 무엇인지 살핀다.
3〉 핵심이 속한 부분이나 강조하고 싶은 부분을 맨 앞에 배치하고, 나머지를 그 다음에 자연스럽게 연결 짓는다.

핵심 잡는 능력을 높이기 위해선 다양한 상황을 가정하고, 상상해보는 일이 필요하다. 각 상황을 전개할 때마다 장단점이 있을 것이다. 무엇을 핵심으로 잡고, 무엇을 내세울 것인가는 포괄적이긴 하지만, 다수가 공감할 수 있는 경우를 잡아서 두드러지게 해야 좋은 평을 받을 수 있다.

◆ 보고서를 작성하고 말로 해보라

글은 생각이다. 생각을 활자화한 것이 글이고 소리를 내는 것이 말이다. 말에 각 개인의 말투가 있듯이 글도 사람마다 문체가 다르고 개성이 있다. 그런데 말을 글로 옮기려면 논리가 좀 더 필요하고, 살을 붙여야 하는 과정이 필요하다. 그래서 글이 어렵다고 느껴진다. 그럼에도 글을 잘 쓰려면 말로 해보는 연습이 필요하다. 말로 해보면 핵심이 더 잘 드러나고 수정해야 할 부분이 잘 보인다. 보고서는 한 장짜리부터 수십 장짜리까지 있다. 만약 핵심을 잘 파악하고 있다면 수십 장짜리 문서를 한 장으로 요약하는 것이 어렵지 않을 것이다. 또한 그것을 알고만 있다면 말로 표현하는 일도 그리 어렵지 않다. 하여 핵심을 파악하고 있지 않다면 글도 어렵고 말도 어려워진다. 이런 면에서 서면 보고나 구두 보고는 본질적으로 성격이 같다. 보고서의 핵심을 잘 파악하고 있다면 구두 보고도 어렵지 않다.

◆ 기획 보고서에 분석과 전략을 넣어라

비즈니스 보고서의 종류는 다양하다. 회사에 따라 직종에 따라 천차만별이지만, 다음과 같은 세 가지 유형으로 나누어 볼 수 있다.

1) 단순 보고서 – 일일 업무보고, 회의 보고, 출장 보고, 진
      행보고, 주간보고, 월간보고, 연간 보고.
   2) 체험형 보고서 – 세미나, 콘퍼런스, 전시회
   3) 기획형 보고서 – 조사보고서, 연구보고서, 프로젝트 진행
      보고서, 분석 보고서, 결과보고서, 실적보고서

단순 보고서는 보통 학교나 회사, 각종 단체 업무에 많이 쓴
다. 일정한 양식에 맞게 해당 내용을 쓰면 된다. 종류에는 주제
보고, 관찰탐구보고, 회의 보고, 진행보고, 주간보고, 월간보고
가 있다.

체험형 보고서는 말 그대로 무언가를 보고 듣고 느낀 소감을
보고하는 문서다. 과학관이나 박물관, 기념관, 전시회, 세미나,
콘퍼런스 같은 것이 대표적이다. 여기에 일반적으로 배경과 내
용, 의견을 넣는다. 체험형 보고서에 보고자의 의견이나 코멘트
가 빠진 경우가 있는데, 반드시 의견을 첨부하는 게 좋다. 왜냐
하면 보고 받는 자는 보고자의 눈에 의존할 수밖에 없기 때문이
다. 피보고자는 보고자의 의견을 참고하여 판단하게 되므로 객
관적인 의견을 넣는 일은 중요하다. 여기서 더 욕심을 부리면 보
고할 사안에 대해 문제점이 있다면 해결 대안을 제시하는 것이
다. 의견을 넣는 것이 1차원이라 하면 해결 대안을 제시하는 것
은 고차원이다. 결정권자의 선택 여부에 상관없이 다양한 대안

이 들어가면 보고서의 가치가 달라진다. 대안 제시는 보고자가 답을 찾고 문제점을 해결하기 위해 노력했음을 나타낸다. 대안을 생각하는 것은 아이디어이자 발명이며 기획에 해당하기 때문이다. 단순 보고서를 기대한 결정권자가 문제해결 대안과 세부 분석이 들어간 기획형 보고서를 받을 경우 보고자의 능력과 노력을 다시 보게 될 것이다.

단순 보고서와 분석과 대안이 들어간 기획형 보고서를 예를 들어 비교하면 이렇다.

판촉 담당 상사가 "다른 회사는 판촉 행사를 어떻게 개최하는지 보고 오세요"라고 요구하는 경우가 있다. 이럴 경우, 직원이 다른 회사가 판촉 행사를 어떻게 개최하는지만 보고하면 되지만, 행사에 대한 분석이 들어가고 자회사는 앞으로 어떻게 판촉 행사를 열어야 하는지에 대한 다양한 전략과 대안을 쓴다면 단순 보고서가 기획형 보고서로 탈바꿈하는 것이다.

다른 예를 들어보면 문화 예술 단체 회장이 단체 간부에게 "전염병으로 모일 수 없는 시대에 학술세미나를 어떻게 진행할지 의견을 내세요."라고 요구할 때 다른 단체가 비대면 시대를 맞이해 세미나를 어떻게 개최하는지만 보고하면 되지만, 세미나에 대한 분석이 들어가고 단체가 앞으로 어떻게 세미나를 열어야 하는지에 대한 전략과 대안을 쓴다면 단순 보고서라기보다 기획형 보고서가 된다. 기획형 보고서는 분석과 전략이 들어가는 점에서 기획서와 크게 다를 바 없다. 체험형 보고서가 과거의 일을 전하는 데 반해, 기획형 보고서는 과거를 토대로 미래의 일을 계획해주는 역할을 한다.

앞에서 실용적 글쓰기의 구조는 배경－내용－의견으로 되어 있음을 언급했다. 단순 보고서나 체험형 보고서의 세 가지 요소에 의도대로 강약을 정해 배치하면 된다. 이에 반해 기획형 보고서는 분석과 전략이 필수다. 이 구조는 기획서 쓰기와 다르지 않다. 차이점은 기획형 보고서는 작성자의 개인적인 의견이 중심이 되는 데 반해, 본격적으로 작성하는 기획서는 단체가 얻을 효과나 이익을 중점적으로 어필하여 서술하는 점에서 차이가 있고 더 전문적이라고 볼 수 있다.

1) 비즈니스 문서의 기본 구조

목적－내용－의견

2) 체험형 보고서의 구조

목적－내용－의견

3) 기획형 보고서의 구조

목적－분석－내용－전략－의견

4) 기획서나 제안서의 구조

목적-분석-내용-전략-효과

◆ 기획서는 다섯 가지 요소가 기본으로 들어간다

기획은 이전에 없었던 생각으로 아이디어이자 창조적인 계획이다. 새로운 무언가를 창의적으로 만드는 일로 늘 진행하던 일이 아니다. 기획은 새로운 시도임에도 불구하고 합당한 어떤 효과를 내야 하는 점 때문에 어렵다. 노력에 비해 효과가 나오지 않을 수도 있기 때문이다.

기획이 새로운 생각의 설계라면 기획서는 시각적으로 볼 수 있는 아이디어의 설계도다. 머릿속으로 창의적인 기획을 했다면 다른 사람도 알기 쉽게 글이나 그림, 도표를 이용해서 구체화해야 한다. 글쓰기에 익숙지 않은 기획자가 생각 속에 아이디어를 문자화, 도표화해서 구체적인 기획서를 써내야 한다. 그렇다면 기획서를 어떻게 완성해야 할까. 어떻게 해야 다른 사람도 기획자의 생각을 쉽게 알아볼 수 있을까. 우리는 전통적 기획서의 형식을 알아두고 기획서 쓰기에 활용해 보자.

기획서 쓰기에서 반드시 넣어야 할 다섯 가지 요소가 있다. 바로 기획의 목적, 현황 분석, 핵심 내용, 전략 방법, 기대효과다.

기획의 첫 번째 단계는 '왜?'라고 묻는 일이다. 기획하게 된 이유다. 이것은 기획이 왜 필요한지의 문제이다. 필요한 이유가 희미할 때 기획할 이유는 없다. 기획서를 보여줄 상대를 설득하기 위해서는 먼저 내가 이 기획이 왜 필요한지 선명하게 이유를 댈 줄 알아야 한다.

두 번째는 현황 분석이다. 현재의 상황과 문제점을 보여주는 것이다. 해당 기획을 왜 해야 하는지의 근거다. 현황 분석에는 데이터를 시각적으로 알기 쉽게 도표로 만들고 제시해야 신뢰가 생긴다. 예를 들어 '경제 불황을 이길 판매 전략'이라는 내용의 기획서를 쓴다고 하자. '품질 확대를 통한 공격 경영'으로 콘셉트를 잡았을 때, '품질 확대로 위기를 이겨낸 기업 사례'를 반드시 넣어야 한다. 또는 '광고 확대를 통한 공격 경영'으로 콘셉트를 잡았을 때, '광고 확대로 위기를 이겨낸 기업 사례'를 넣어야 신뢰도가 높아진다.

다음은 메시지다. 즉 핵심 내용이며 요지다. 기획자가 실행하고 싶은 기획의 내용을 담아내는 단계다. 흔히 직장에서 상사가 "그래서 본론이 뭐야?"라는 질문을 던졌는데 어정쩡하게 서 있기만 하고 대답을 제때 못 한다면 준비를 못 한 것이다. 그러기 때문에 기획자는 메시지 단계에서 핵심 본론을 알기 쉽게 풀어내야 한다.

다음은 기획을 추진할 전략이다. 모든 기획은 실행을 통해서 효과를 얻는다. 신제품을 개발했다면 제품 하나를 판매하더라도 온라인으로 유통할 것인지, 각 매점에 직접 유통할 것인지, 결정해야 한다. 판매 방식을 결정했다면 그에 맞는 환경을 맞춰야 한다. 기획 전략은 이처럼 일을 추진하는 방법이다. 다시 말해 어떻게 할지를 말한다. 홍보 이벤트를 기획할 때에는 많은 사람이 모일 방법을 찾는 것이 되고, 사람을 모으는 방법으로는 유명 인사를 초대하거나 노래자랑, 게임, 경품을 걸고 퀴즈 대회나 추첨을 하는 것이 될 것이다.

기획서의 마지막 요소는 기대효과다. 기획은 궁극적으로 효과를 얻기 위한 것이다. 어떤 기획이든 효과를 노리지 않고 하는 기획은 없다. 누구든지 최대 효과를 얻기 원한다. 기획자는 '이 기획으로 어떤 이익을 낼 수 있나'를 먼저 계산하게 된다. 기획이 가져올 효과는 기획자를 비롯해 기획과 관련된 모든 사람이 갖는 큰 관심사다. 기획의 성공 여부는 바로 효과이기 때문이다. 따라서 기대효과는 누구나 한눈에 볼 수 있는 구체적 수치나 막대그래프를 이용해 나타내면 좋다.

기획서 쓰기에 반드시 넣어야 할 다섯 가지 요소를 다시 한번 정리하자. 예를 들어 '1인용 스마트 전기밥솥' 기획서를 쓴다고 가정하면, 제일 먼저 기획의 목적이 필요하다. 왜 이 제품이 필요한가를 생각하고 메모를 한다. '1인용 스마트 전기밥솥'일 경우, 답은 나 혼자 사는 1인 가구 시대에 소비자들이 밥뿐만 아니라 다양한 요리를 쉽게 하기 위해서일 것이다. 이어 현황 분석이다. 시중에 어떤 종류의 '1인용 스마트 전기밥솥'이 나와 있는지 알아보고 문제점을 분석한다. 다음은 핵심 내용 즉 '1인용 스마트 전기밥솥'의 차별화된 제품 내용에 대해 자세히 쓴다. 모양과 크기는 어떻고, 기능은 어느 정도 다양한지 내 솥의 개수는 몇 개가 적당한지 따위다. 이어 네 번째는 이 밥솥을 파는 방법과 전략, 즉 마케팅이나 홍보 전략을 넣는다. 마지막은 기대효과다. 이 밥솥을 만들 경우, 혼자 사는 인구비율을 따져 얼마나 매출이 일어날 것인지를 구체적으로 쓰면 훌륭한 기획서가 나온다.

이와 같은 형식을 익히면 다양한 분야의 기획서를 쓸 수 있다. 기획서를 쓸 때 중요한 것은 획기적인 창의성과 자신감이다. 기획서를 써야 하는 기획자는 이미 해당 분야를 잘 알고 있고 누구보다 자격을 갖추고 있다. 결정권자가 아무것도 모르는 사람에게 기획을 맡기는 경우는 드물다. 회사나 단체에서 기획서 작성을 맡긴 것은 비록 글쓰기 능력은 부족할지라도 관련 시장과 업무에 대해 잘 알고 있기 때문이다. 이는 반대로 관련 시장과 업무에 대해 잘 모르면 글쓰기 능력이 탁월해도 기획서를 쓰지 못한다는 말과 같다. 기획서 쓰기에 대한 부담이 있고 글쓰기가 미흡하더라도 기획과 기획서는 꼭 필요한 일이다. 그러므로 자신에게 믿음을 갖고 쉽게 알아볼 수 있는 기획서를 완성해보자.

♣ 왕초보 시 쓰기

테크닉만으로는 충분하지 않다. 열정을 가져야 한다.
테크닉 그 자체는 수를 놓은 냄비 받침대에 불과하다.
(레이먼드 챈들러)

Q
글쓰기 왕초보입니다.
그러나 시를 배우고 싶습니다.
조언 바랍니다.

작문시간에 '시'는 자신이 하고 싶은 생각이나 사상, 이야기를 메타포를 사용해 운율과 리듬에 맞추어 표현하면 된다고 배웠다. 그런데 우리는 정작 시 한 줄 쓰는 것도 어려워한다. 이유가 무엇일까? 다음은 시 쓰기에 유익한 조언 몇 가지를 학습하고 영감을 얻어 습작해보자.

♣ 시 쓰기 방법 몇 가지

1. 인상 깊은 체험을 써라.

시인은 대개 자신이 겪었던 인상적인 체험을 소재 삼아 시를 쓴다. 어떤 영감이나 상상력, 혹은 비유와 상징의 도움 없이 지난 일을 이야기하는 것만으로도 시가 된다. 별다른 시적 기교를 동원하지 않고 자신이 경험했던 일을 운율에 맞춰 솔직하게 털어놓아 보라. 독자에게 깊은 감동을 줄 수 있다. 지금껏 살아오면서 보고 듣고 느낀 것 가운데 가슴 아픈 경험이나 수치심을 일으키는 기억까지 어떤 것도 좋다. 사람은 보통 자기의 부끄러운 과거를 어떻게든 숨기려고 하지만 차마 말할 수 없었던 일을 '시'라는 매개체를 이용해 솔직하게 노래함으로써 독자에게 감동을 줄 수 있다. '시 쓰기'는 여기서 그치지 않고 마음의 상처를 치료할 수 있는 치료제 역할도 한다.

(시 예문)

아부지 몸보신 / 방은

초저녁 굴뚝에 피어나는 괴기국 향기
오랜만에 집안 그득한 풍요함
병약한 아부지 몸보신에
시장기가 요동친다

한 그릇 뚝딱 들이마시고
흐뭇하게 부른 올챙이배를 토닥이며
턱찌끼를 모은다

영리하게 짖어대던 복실이
막손이 아저씨의 희번덕이던 눈빛에
고놈 참 실하단 소리가 번뜩
애써 도리질 쳐본다

어스름에 누운 그림자 앞세우고
복실이를 불러본다
부른 배에 휘몰아치는 정적
복실이 목걸이만 덩그러니
내 눈물이 뚝뚝.

2. 생로병사와 희로애락을 노래하라.

인간을 포함한 모든 생명체의 공통된 운명이 있다. 바로 태어나고 죽는다는 것이다. 하루를 살면 살수록 늙고 병들다 죽음의 목전에 가까워진다. 그러기에 인간의 생로병사 중 희로애락은 동서고금의 문학작품에 나타난 가장 보편적인 소재이자 주제다. 작품을 쓰다가 소재나 주제가 고갈되었다면 누군가의 죽음을 시로 써보라. 부모의 죽음, 지인의 죽음, 사랑하는 사람의 죽음, 낯선 이의 죽음 등 수많은 죽음이 있을 것이다. 또 죽음 이외 탄생과 늙음과 질병 가운데 하나를 택해 희로애락을 써보아도 좋다.

생로병사는 독자의 공감을 불러오는 가장 보편적인 소재다.

(시 예문 1)

울어보렴 / 방은

울어도 돼

세상 먼지 섞인 말
듣고 살면서
울지 않고 살아가는
사람은 없어

세상은 모진 거야

자,
마음 풀릴 때까지 실컷 울어보렴

*'울어보렴'은 정채봉 시인의 세상사를 읽고 울음에 대한 이
견을 시로 쓴 것이다.

(시 예문 2)

초저녁 / 방은

어스름 그늘 내리는 초저녁
불어오는 폭풍 바람
옷깃을 날리고
머리카락을 날리고
꽃잎을 날리고
나뭇잎을 모조리 날려도

날리지 못하는 단 한 가지
쓸쓸함

3. 공감력을 갖고 인류애를 담아라.

사람이 갖는 가장 아름다운 본성 중의 하나는 인류애다. 인류애는 타인의 죄를 용서하고 타인의 불행에 안타까움과 측은지심을 느끼는 거룩한 감정이다. 예를 들어 우리는 늙고 병든 이의 슬픈 사연을 듣거나 접할 때 공감하여 가슴이 뭉클해지거나 마음이 아프다. 이것은 인간을 사랑하는 인류애 때문이다. 그러나 작가를 꿈꾸는 사람이라면 방송이나 신문기사의 사연을 접할 때 안타까움을 느끼는 데서 끝내지 말아야 한다. 공감한 마음을 그대로 담아 어떤 형태로든 시를 써야 한다. 고통을 당하는 이의 입장을 헤아리면서 글을 써보는 것이 글쓰기의 시작이다.

(시 예문 1)

연탄 한 장 / 안도현

또 다른 말도 많고 많지만
삶이란
나 아닌 그 누구에게
기꺼이 연탄 한 장 되는 것

방구들 선득선득해지는 날부터 이듬해 봄까지
조선팔도 거리에서 제일 아름다운 것은
연탄 차가 부릉부릉
힘쓰며 언덕길 오르는 거라네
해야 할 일이 무엇인가를 알고 있다는 듯이
연탄은, 일단 제 몸에 불이 옮겨붙었다 하면
하염없이 뜨거워지는 것
매일 따스한 밥과 국물 퍼먹으면서도 몰랐네

온몸으로 사랑하고 나면

한덩이 재로 쓸쓸하게 남는 게 두려워

여태껏 나는 그 누구에게 연탄 한 장도 되지 못하였네

생각하면

삶이란

나를 산산이 으깨는 일

눈 내려 세상이 미끄러운 어느 이른 아침에

나 아닌 그 누가 마음 놓고 걸어갈

그 길을 만들 줄도 몰랐었네, 나는

(시 예문 2)

나비로 태어나리라 / 방은

나는 나비로 태어나리라

나는 천대받는 번데기를 거치며

인고의 세월을 견뎌 내리라

나는 나비로 태어나리라

나는 어여쁜 꽃들을 순회하며

단 꿀을 따먹지 않으리라

나는 나비로 태어나리라
나는 우아한 나래를 나풀거리며
저 드넓은 바다를 건너리라
그리하여 머나먼 유토피아에 있는
천상의 열매를 먹으리라

4. 시는 상상력이다.

시의 모티브는 직접경험뿐 아니라 간접경험인 방송 매체나, 도서, 짧은 신문기사를 읽고도 영감을 얻어 쓸 수 있다. 텔레비전 프로나 영화를 유심히 관찰하면 거기서 글의 소재가 나온다. 모든 사물과 모든 생명체는 시가 될 수 있다. 문제는 상상력이다. 상상력을 얼마나 발휘하느냐에 따라 글이 다르게 나온다. 이를 다르게 표현하면 얼마나 그럴듯하게 거짓말을 하고 여기에 얼마나 시적 진실성을 잘 표방하느냐에 따라 시가 달라진다. 시는 체험의 산물이지만, 간접체험에 새로운 상상을 보태어도 시가 된다. 작가는 보거나 겪지 않아도 단 한 줄의 문구에 영감을 얻어 글을 쓴다. 간접체험에 상상을 동원해서 직접 체험인 양 글을 써보라. 멋진 시가 탄생할 것이다.

(시 예문)

북쪽 동무들 / 권태응

북쪽 동무들아
어찌 지내니?
겨울도 한 발 먼저
찾아왔겠지.

먹고 입는 걱정들은
하지 않니?
즐겁게 공부하고
잘들 노니?

너희들도 우리가
궁금할 테지.
삼팔선 그놈 땜에
갑갑하구나.

5. 유머 감각으로 시를 빛나게 하라.

다양한 시가 존재하지만 어떤 시는 너무 추상적이고 형이상
학적이다. 게다가 무겁고 엄숙한 경향이 있다. 심지어는 이중 삼

중으로 싸맨 시어로 인해 한참 생각해도 무슨 뜻인지조차 파악
하지 못할 때가 있다. 이렇게 의도조차 파악하기 힘든 시보다 엄
숙한 가운데서도 재치 있는 농담을 하고, 그 가운데에도 전류처
럼 생각을 깨워 뜻을 새길 수 있게 하는 시가 좋다. 기막힌 유머
감각이 담긴 시는 반전의 묘미처럼 여운이 남아 오래오래 기억
에 남는다.

(시 예문)

콩, 너는 죽었다 / 김용택

콩 타작을 하였다.
콩들이 마당으로 콩콩 뛰어나와
또르르또르르 굴러간다.
콩 잡아라 콩 잡아라
굴러가는 저 콩 잡아라.
콩 잡으러 가는데
어, 어, 저 콩 좀 봐라.
쥐구멍으로 쏙 들어가네.

콩, 너는 죽었다.

6. 시는 우리말의 보고다.

시를 감상하다 보면 평상시에 쓰지 않는 혹은 잊고 있던 아름다운 우리말과 많이 만나게 된다. 시야말로 사투리와 순우리말의 보물창고인 셈이다. 대표적인 시인으로 김소월과 정지용의 시를 음미해보면 알 수 있다. 한국적인 어투와 어조로 사투리와 순우리말을 활용해 고유의 정서를 잘 표현했다. 그러기 때문에 김소월과 정지용의 시는 감동과 느낌이 있다. 사투리와 순우리말이 지금은 쓰지 않는 오래된 언어라고 생각하기 쉽지만, 적절하게 활용할 줄 알면 시어는 한층 풍요로워지고 독자에게 좀 더 정서적으로 다가설 수 있다. 또한, 시도 한 단계 격상시킬 수 있다.

(시 예문 1)

향수/정지용

넓은 벌 동쪽 끝으로
옛이야기 지줄대는 실개천이 회돌아 나가고,
얼룩백이 황소가
해설피 금빛 게으른 울음을 우는 곳,
그곳이 차마 꿈엔들 잊힐 리야.

질화로에 재가 식어지면
비인 밭에 밤바람 소리 말을 달리고,
엷은 졸음에 겨운 늙으신 아버지가
짚 베개를 돋아 고이시는 곳,
그곳이 차마 꿈엔들 잊힐 리야.

흙에서 자란 내 마음
파아란 하늘빛이 그리워
함부로 쏜 화살을 찾으려
풀섶 이슬에 함추름 휘적시던 곳,
그곳이 차마 꿈엔들 잊힐 리야.

전설(傳說) 바다에 춤추는 밤물결 같은
검은 귀밑머리 날리는 어린 누이와
아무렇지도 않고 예쁠 것도 없는
사철 발 벗은 아내가
따가운 햇살을 등에 지고 이삭 줍던 곳,
그곳이 차마 꿈엔들 잊힐 리야.

하늘에는 성근 별
알 수도 없는 모래성으로 발을 옮기고,
서리 까마귀 우지 짖고 지나가는 초라한 지붕,
흐릿한 불빛에 돌아앉아 도란도란 거리는 곳,

그곳이 차마 꿈엔들 잊힐 리야.

(시 예문 2)

겁나게와 잉 사이 / 이원규

전라도 구례 땅에는
비나 눈이 와도 꼭 겁나게와 잉 사이로 온다

가령 섬진강변의 마고실이나
용두리의 뒷집 할머니는
날씨가 조금만 추워도, 겁나게 추와불고마잉!
어쩌다 리어카를 살짝만 밀어줘도, 겁나게 욕봤소잉!
강아지가 짖어도, 고놈의 새끼 겁나게 싸납소잉!

조깐 씨알이 백힐 이야글 허씨요
지난 봄 잠시 다툰 일을 얘기하면서도
성님, 그라고봉께 겁나게 세월이 흘렀구마잉!

궂은 일 좋은 일도 겁나게와 잉 사이
여름 모기 잡는 잠자리 떼가 낮게 날아도
겁나게와 잉 사이로 날고
텔레비전 인간극장을 보다가도 금세

새끼들이 짜아내서 우짜까이잉! 눈물 훔치는
너무나 인간적인 과장의 어법

내 인생의 마지막 문장
허공에라도 비문을 쓴다면 꼭 이렇게 쓰고 싶다
그라제, 겁나게 좋았지라잉!

7. 시에 새로운 요소를 첨가해보라.

아무리 거창한 소재와 주제일지라도 표현 방법이 너무 뻔하
고 흔하면 시의 맛이 나지 않는다. 가끔은 실험정신을 발휘하여
독특하고 개성 있는 시각으로 시를 표현해보라. 시를 쓸 때는 한
때 한국 시단을 풍미했던 이른바 해체시 같은 실험정신도 필요
하다. 형식과 규율에 매이지 않은 다양한 표현 방법은 문학을 풍
성하게 하고 독자를 즐겁게 한다.

(시 예문)

오감도 중 시 제2호 / 이상

나의아버지가나의곁에서조을적에나는나의아버지가되고또

나는나의아버지의아버지가되고그런데도나의아버지는나의아
버지대로나의아버지인데어쩌자고나는자꾸나의아버지의아버
지의아버지의…아버지가되느냐나는왜나의아버지를껑충뛰어
넘어야하는지나는왜드디어나와나의아버지와나의아버지의아
버지와나의아버지의아버지의아버지노릇을한꺼번에하면서살
아야하는것이냐

8. 도구를 활용하여 시를 써라.

누구든지 타고난 재능만으로 좋은 글(시)을 일필휘지로 쓸 수
없다. 시인을 꿈꾼다면 먼저는 타인의 시집을 많이 읽어 보라.
유명한 시인들은 어떤 소재로 어떻게 시를 썼는지 학습하는 게
먼저다. 그런 다음 시를 쓰고자 하는 강렬한 욕구를 가지고 자기
생각이나 사상, 이야기를 써보는 게 좋다. 초고를 썼다면 수십
번 수백 번 더 좋은 어휘와 표현기법을 찾아내어 운율에 맞춰 고
쳐야 한다. 그런데 이 경우는 그나마 글 솜씨가 조금 있는 사람
의 경우다. 문제는 초보자에게 이렇게 가르쳐주고 시를 써보라
고 하면 너무 어려운 숙제가 된다. 아마도 끙끙 앓다가 시 쓰기
를 포기할지도 모른다. 시를 쓰고 싶은데 어떻게 써야 할지 도무
지 모르겠다는 사람을 위해 몇 가지 다른 방법을 제안한다.

1) 다음은 시중에 파는 그림카드를 이용한 시 창작이다.
   (그림 카드가 아닌 그림책을 활용해도 좋다.)

그림 카드를 이용한 시 쓰기

1. 마음에 드는 그림 선택

2. 선택한 그림 묘사하기

3. 두 행으로 나누기

4. 한 장 더 선택하기

5. 선택한 그림 묘사하기

6. 두 행으로 나누기

7. 첨삭하기

8. 퇴고하기

그림 두 장을 골라 다음과 같은 시를 썼다.

(시 예문 1)

의자 / 권낙○ (초등학생)

덜그덕 덜그덕
낡은 의자가 말을 해요
내가 좋다고
낙서하지 말아달라고
방귀 뀌지 말아달라고

(시 예문 2)

공 / 방은

나는 둥글둥글
어디든 가는 공이다

네모둥이와 세모둥이가
채신머리없다고 구박이다
짱박혀 있으란다

허나 니는 모르제
새로운 세상을 보는
이 째지는 기분

허나 니는 모르제
우주만큼 넓은
이 큰마음

위와 같은 순으로 글 쓰다 보면 재미있는 사실을 발견할 수 있다. 글쓴이의 마음에 잠재된 생각이 그럴듯한 시로 탄생하는 것을 알 수 있다. 그림은 내면에 떠다니던 이야기를 건져내는 낚싯바늘 같은 역할을 한다. 모티브가 되는 것이다. 글쓴이는 핵심이 되는 글감을 낚는 순간 시에 한 발짝 가까워짐을 느낄 것이다.

2) 나를 대신하는 것들을 이용한 간단한 시 쓰기(동물 / 숫자 / 무생물)

(시 예문)

거북이와 1 그리고 폭탄 / 인○○ (초등학생)

나는 거북이다.
나는 모든 것이 느리다.
나는 공부하는 속도가 느리다.
나는 숙제하는 속도도 느리다.
나는 학교 가는 것도 느리다.
나는 느린 것으로 얻는 것도 있다.
이 느린 속도로 이 세상을 살아간다.

나는 1이다.
나는 우리 반에서 혼자다.
나는 우리 반 애들을 이해하려고 하는데
우리 반 애들은 나를 이해하여 주지 않으려고 한다.

나는 폭탄이다.
나는 모든 것을 참는다.
나는 나쁜 말을 들어도 참는다.
나는 맞아도 참는다.
나는 사기를 당해도 참는다.
하지만 이런 것들로 인해
언제 터질지 모르는 폭탄이다.

3) 오늘 본 것 중 세 가지를 떠올리며 3문장 쓰기 또는 사
   진 3장을 찍어 3문장으로 만들기

(시 예문)

암울한 2016년 / 이오복 (주부)

직원용으로 쓰이는
지렁이 문을 본다

길게 늘어선
잘린 꼬리들

흰 마스크에 가려진
부끄러운 얼굴들

너희들을 유혹한 건
내가 아냐
탐욕이지

한겨레 신문 속

그림판에서
현혹들을 본다

도대체 뭘 써야 할지 모르겠는 사람은 핵심 글감을 낚을 다양한 방법을 사용하여 글을 써본다. 이와 같은 방법으로 글을 쓰다 보면 기억 속에 떠다니던 혹은 잠재된 글감이 낚여 실을 뽑아 수를 놓듯 글감을 뽑아 글을 쓸 수 있게 된다. 처음에는 서툴지만 반복하여 글을 쓰고 고치는 훈련을 하다 보면, 어느새 그림이나 사진이라는 도구 없이도 시인이 되어있는 자신을 발견할 것이다.

♣ 책 한 권 남기기

글쓰기의 목적은 여러분 아버지와 어머니가 부끄러워서
졸도하게 만드는 데 있다.
(J.P. 돈리비)

Q
글쓰기 왕초보입니다.
그러나 배우고 싶습니다.
제 버킷리스트 중 하나는
책 한 권 쓰기입니다. 조언 바랍니다.

책 읽는 사회, 책 쓰는 사회는 권장해야 한다. 개인의 자아 성찰로 사회를 건강하게 만들기 때문이다. 그러나 최근 소셜 미디어의 발달로 글이 점점 짧아지고 거칠어진다. 뿐만 아니라 복잡한 사연이 들어있는 긴 글은 읽기 힘들어한다. 하지만 사회가 건강해지기 위해서는 각종 사연과 사상을 이해할 줄 알아야 한다. 그러기 위해서는 책만 한 것이 없다.

사람이 대개 하는 말이 있다. 내 인생을 책으로 쓰면 몇 권은 된다는 말이다. 아마도 이것은 글로나마 자신의 인생을 남기고픈 마음에서 하는 말일 것이다. 사람의 생이란 일장춘몽이며 남가일몽이란 말이 거짓이 아니다. 생에 아무리 집착한들 수명이 다한 보통 사람은 결국 죽음의 문턱을 넘을 것이다. 그런데 책은 글쓴이의 사후라도 영원히 남는다. 즉 저자가 써놓은 글에 누군가 감동한다면 독자의 마음속에 글쓴이의 생각이 다시 살아나는 것이다. 그런데 문제는 책 한 권 쓰고 싶은 마음이 굴뚝이지만 정작 초보자에게는 어디서부터 어떻게 써야 할지 막막한 것이 현실이다. 그러니 자신의 인생을 책 한 권으로 남기고 싶다는 마음을 먹었다면 먼저는 글의 형태를 정해야 한다. 그것이 첫 번째 순서다. 자서전으로 쓸 것인지, 수필이나 자전적 소설로 쓸 것인지, 대필 작가를 세워 자신의 인생을 쓰게 할 것인지 또는 일기로 쓸 것인지 글의 형태를 정해야 한다. 자신이 직접 자서전을 쓰거나 대필 작가를 세워 책을 쓰려거든 이야기의 흐름에 따라 소제목을 정하고 그에 맞는 내용을 생각해 보거나 녹음해보는 것이 도움이 된다. 글에 익숙지 않은 초보자는 쓸 내용을 먼저 말로 녹음해보고 들어보라. 이야기 흐름 속에 빠진 내용과 어색한 부분이 보일 것이다. 구성이나 내용을 수정 보완한 녹음이 7~8시간 정도 된다면 책 한 권 분량이다. 이 녹음을 그대로 활자로 옮기면 퇴고하지 않은 글이다. 이같이 자서전이나 회고록을 쓰고 싶다면 먼저 소제목의 흐름대로 말을 해보면 된다. 이를 활자로 옮긴 후, 여러 번 수정 보완하면 원하는 자서전이 나올 것이다.

내 이야기를 어떤 모양으로 쓸 것인가

· 태어나서 지금까지 연대기 별로 소주제를 정해 자서전 쓰기
· 공개하기 꺼려지는 내용은 다른 장르(수필이나 자전소설)로

포장하여 쓰기

·편지 형식의 자서전

·대필 작가를 세워 구술하기

·일기

◆ 태어나서 현재까지 자서전 쓰기

자서전(自敍傳)은 자신이 살아온 생애를 스스로 적은 글이다. 자서전을 자전(自傳)이라고도 하는데, 이것을 광의로 해석하여 글쓴이를 알게 하는 모든 자료 즉 그 사람이 쓴 일기나 편지 등을 자서전에 포함시키기도 한다. 자서전을 쓰는 요령은 일생 동안의 내용을 연대기에 따라 담아낼 수도 있고, 학창 시절이나 젊은 시절의 의미 있는 일부분만 엮어낼 수도 있다.

자서전을 쓸 때 주의할 점은 흔히 자신의 잘한 점이나 업적, 미덕을 중심으로 글을 과하게 포장하는 경향이 있을 수 있는데 이런 경우에 진짜 이야기는 빠지고 껍데기만 남아 누구에게도 인정받지 못하고 외면 받을 수 있다. 하여 자서전을 쓸 때는 정직하게 지난 일을 성찰하며 상처나 아픔, 실패, 후회 등을 고백함으로써 과거를 반성하는 것이 좋다. 실패나 사건을 되새겨보고 마지막으로 정리하는 인간적인 모습이 독자들에게 더욱 감동이며 의미가 있다.

1) 자서전을 쓰기 전에 알아두어야 할 점

·객관적으로 나를 바라보기

자서전 쓰기는 무엇보다 자신을 객관적으로 보는 것이 중요하다. 자기 자랑을 늘어놓는 주관적인 일기식이 아니라 배우자, 가족, 친구의 객관적 입장에서 나를 바라보는 시각이 필요하다. 자기 자랑으로 나열된 주관적인 글은 독자에게 피로감을 불러올 수 있다. 자서전 쓰기는 누구나 공감할 수 있는 인간적이고 객관적인 시각이 반드시 필요하다. 자랑을 일삼는 글보다 인간적인 모습을 보이는 글이 더 오래 기억된다.

·자신을 솔직하게 드러내기

자신을 포장하는 위선적인 이야기보다 덮어두거나 숨기고 살았던 사건을 들추어내어 쓰되 진정성 있고 꾸밈없이 써야 좋은 글이 된다. 또한 애매모호 하게 표현하거나 두리뭉실하게 언급하기보다 인간적이고 솔직한 모습의 이야기는 독자에게 더 많은 호응을 얻을 수 있다.

·어린 시절 회상하기

어린 시절을 돌아볼 때 자아상은 부모, 가족, 형제가 자신을 바라보는 대로 형성되는 경우가 많다. 타인으로부터 인정과 존중을 받는 경우에 긍정적인 자아상이 형성되지만 그렇지 못할 경우는 부정적인 자아상이 형성될 수 있다. 하여 과거 가족 관계가 원만한 경우면 다행이지만, 그렇지 못한 경우는 원망하고 미워하는 글을 쓸 수 있다. 그러나 자서전을 쓰는 데 있어 과거 감정에 치우치기보다 세월이 지나 뒤돌아보니 부모의 처지와 입장, 역할을 이해하게 됐다는 글로 마무리하는 게 좋다. 많은 일을 뒤로하고 성숙한 모습으로 긍정적 자아에 무게를 두면 독자에게 더 감동을 줄 수 있다.

·나의 직업이나 특별한 이야기 쓰기

자신의 특별한 삶을 알려주기 위해서 또는 자신의 삶을 자녀에게 남겨주고 싶어서 글을 쓰는 만큼 너무나 뻔한 이야기를 기술하기보다 자신만의 진솔한 스토리를 표현하는 것이 좋다. 예를 들어 특수 분야에 종사하는 직업군은 독자의 호기심을 자극하기에 충분하다. 특수 분야가 아니어도 자신은 익숙하게 알고 있지만, 독자는 해당 직업군의 속사정을 모르기 때문에 그 직업군만이 알 수 있는 고충과 사연을 글로 풀어낸다면 충분히 좋은 글이 될 수 있다.

2) 연대기에 따라 소제목 정하기

먼저 연대기에 해당하는 소제목을 정해서 어떤 이야기를 할지 전체 구도를 잡는 게 먼저다.

- ·유아 아동기: 태몽과 고향, 부모님과 선생님, 어린 날의 꿈과 잊을 수 없는 기억 2-3가지
- ·청소년기 및 청년기: 가족과 기쁜 날, 기억에 남는 일, 방황, 한때의 비행, 실패, 내가 아끼는 보물, 첫사랑, 영향을 미쳤던 사건과 직업
- ·중장년기: 자녀 교육, 일과 경제, 성공과 실패, 위기의 순간과 인생의 전환점, 두려웠던 순간과 희망 사항
- ·노년기 : 행복했던 순간과 불행했던 순간, 인생의 깨달음, 황혼을 맞이한 죽음 준비, 건강비법, 꿈과 열정, 남기고 싶은 말

(자서전 소제목 예문)

- ·유년기, 소년기:

  딸 부잣집

  술주정뱅이 아버지

  공부 잘하는 언니들과 나

  첫사랑의 추억
- ·청년기:

  첫사랑과의 긴 이별 뒤에 재회 다시 헤어짐

  부모의 죽음과 결혼

・장·중년기:

　치열한 삶과 연속된 실패

　직업 이야기 및 자기 분야에서 성공

　봉사 활동

・노년기:

　아이 보는 할머니

　치매 걸린 배우자를 보며

사실 자서전은 꼭 어떻게 써야 한다는 작성법이 없다. 다시 말해 처음에 무엇을 쓰고, 중간에 어떤 것을 쓰고, 맺음말은 어떻게 써야 한다는 규정이 없다. 어떤 형태로든 개인의 개성대로 쓰면 된다. 다만 가장 많이 쓰는 가이드라인을 제시할 뿐이다. 기존의 자서전을 참고한 후, 자신의 취향에 맞게 시간 순이나 사건 순으로 구성하고 강조하고 싶은 부분을 보완하여 글을 쓰면 한 권의 자서전이 완성될 것이다.

◆ 공개하기 꺼려지는 내용은 다른 장르(수필이나 자전적 소설)로 녹여 쓰기

자신의 이야기를 익명의 독자에게 낱낱이 펼쳐 보이는 것은 어떻게 생각하면 부끄러운 일이다. 그러니 좋은 글을 쓰기 위해

서는 용기가 필요하다. 하여 노골적인 자서전이 싫다면 좀 더 문학적인 다른 형태를 생각해 보는 것도 좋다. 자신의 이야기가 물이라면 수필이나 시, 자전적 소설이라는 장르는 그릇이다. 이 중 어디에 자신의 이야기를 담을지 생각해 보라. 자신의 성향에 맞는 장르를 선택하여 삶과 직업, 사랑, 신념, 생각을 담는 것은 의미가 있다.

1) 자전적 수필 쓰기

수필의 형태를 원할 경우, 자신의 삶이나 말하고 싶은 이야기와 생각에 제목을 정해 그에 맞는 주제로 솔직하고 재미있게 글을 쓰면 된다. 그렇게 자유롭게 쓴 짧은 글을 꾸준히 모으다 보면 어느새 책 한 권 분량의 수필이 모일 것이다. 이것은 수필이라는 그릇에 담긴 자신의 삶, 말 하고 싶은 이야기와 신념, 생각인 셈이다. 멋지고 존경받는 직업이 아니더라도 자기를 잘 나타낼 수 있는 일이나 특이한 취미를 가진 경우 이를 소재 삼아 글에 녹여내도 좋다. 독자는 자신이 잘 모르는 직업의 세계를 읽으며 작가의 삶을 이해하는 시간을 가질 것이다.

다음은 좋은 수필 쓰는 데 필요한 요건을 몇 가지 제시해 보겠다.

· 직간접 경험이나 생각을 정서적으로 순화하여 인생에 대한 의미를 정리해 본다.

· 자신의 생각을 더하고 싶은 좋은 주제나 글감이 떠오르면, 바로 메모해 두는 습관을 갖는다.

· 소재가 마땅치 않을 때 귀천을 떠나 남들이 모르는 자신의 직업. 취미를 쓰는 것은 좋은 방법이다.

· 글의 주제와 방향이 설정되면 그에 필요한 자료를 수집하여 현장감을 높인다.

· 주제와 소재가 구체화되면 대강의 스토리를 끝까지 적어 본다.

· 시작과 끝이 주제에 일관되도록 논리를 전개하되 불필요한 문장은 지운다.

· 꼭 필요한 경우를 제외하고는 중복 단어나 어법은 피한다. 어려운 어휘나 문장은 피하고, 쉽고 설득력 있는 언어를 사용한다.

· 한 주제의 글에서 너무 많은 것을 전달하려고 하지 마라. 자칫 주제를 벗어나 산만하기 쉽다. 간단한 수필은 주제에 맞게 좁고 깊게 쓰는 게 좋다.

· 글 쓰는 도중 막히거나, 마무리가 잘 되지 않으면, 시간을 두고 기다리는 게 좋다.

· 위트와 유머 감각을 활용하면 글이 빛난다.

· 무의식 중이라도 자랑이나 과시가 나타나지 않도록 조심한다.

·마음에 있는 메시지를 사람의 향기가 나는 글로 녹여 쓴다.

·작가가 결론을 내기보다 가슴 깊이 스미는 여운을 남겨 독자
　가 공감하고 사고할 수 있는 여지를 남긴다.

·자신만의 고유한 문체를 갖는다.

·지나친 수식이나 미사여구는 피한다.

·퇴고의 과정을 여러 번 거친다.

·쓴 글은 일정한 시간을 두고 다시 퇴고한다.

2) 자전적 소설 쓰기

자전적 소설의 경우는 자신의 이야기를 1인칭이나 3인칭 시점을 사용하여 담담하게 풀어가면 된다. 예를 들어 1930년대부터 6·25 전쟁까지 작가의 유년 시절 기억들이 녹아있는 박완서의 ≪그 많던 상아는 누가 다 먹었을까≫나 조제 마우루 지 바스콘 샐루스의 ≪나의 라임 오렌지 나무≫ 같이 소설이라는 그릇에 자신이 말 하고 싶은 과거 이야기를 발단－전개－절정－결말 순으로 담으면 된다. 즉 인상 깊었던 지난 일이나 사건, 사랑, 억울하게 당한 일이나 하고 싶은 말을 중심으로 솔직하게 풀어가다 갈등이 증폭하는 절정을 거쳐 이야기의 결말을 내면 된다.

소설 작업은 대개 시놉시스 → 자료조사 → 본문집필 → 탈고 → 출판 순서로 진행된다. 여기서 시놉시스는 스토리라인이며,

밑그림에 해당한다. 자전적 소설을 쓰려는 초보자는 먼저 어디서부터 어디까지 무엇을 중점적으로 쓸지 결론까지 내어 개요를 짜두면 좋다. 개요는 각자의 취향대로 마음속에 그림을 그리듯 짜두거나 글로 남겨 놓는 것을 말한다. 여기서 사건 중심으로 쓸 것인지, 인물 중심으로 쓸 것인지, 시대적 배경은 어떻게 녹여낼지 생각해야 한다. 이때 꼭 시간 순서대로 스토리를 진행하지 않아도 되고, 현재의 자신이 과거로의 회상 여행을 시작하거나 과거 어느 때를 기준으로 다짜고짜 시작해도 좋다. 때는 언제 장소는 어디 하는 식으로 시작하지 않고 자연스럽게 시작하다 이야기가 진행됨에 따라 장소, 시간, 배경을 나타내주면 좋다. 자전적 소설은 자신의 과거를 소설화하는 작업이기 때문에 대부분 자료조사가 필요 없겠지만, 구체적인 정보가 필요할 때는 자료조사를 거쳐 확실하게 알고 쓰는 것이 좋다. 자료조사를 거친 글은 생생한 현장감이 느껴지기 때문이다.

본문 집필에 들어갈 때는 글쓴이가 자신의 시각으로 직접 말하는 1인칭으로 서술할지 객관적 시각에서 서술하는 3인칭으로 할지 결정하고 어떤 말투로 쓸지 정해야 한다. 즉 친구나 자식, 손주에게 이야기하는 친근한 말투로 쓸지, 독자를 상대로 서술형으로 쓸지 정해야 한다. 말투 즉 서술 방식을 정했다면 소설을 마칠 때까지 일관성 있게 톤을 유지해야 글 전체가 통일감이 유지된다. 시점과 글쓰기 톤을 정했다면 다음은 어느 정도 분량을 쓸지 미리 정하고 끝까지 완결하는 것이 좋다. 초보자가 완결까지 끌어가다 보면 사건과 에피소드를 어떻게 구성하고 녹여내는지 익힐 수 있다. 결론을 낸 초고가 완성되었다면, 여러 번 검토하여 살을 붙이고 빼는 작업을 반복 수정해야 한다. 시간을 두고 더 수정할 곳이 없을 때까지 퇴고를 반복하다 보면 글이 좀 더 완벽해질 것이다.

한 가지 알아둘 점은 서술방식마다 글에 나타나는 차이점이 있다는 것이다. 글을 쓰다 보면 부분적으로 설명이 필요한 경우가 있고, 논증이 필요한 경우도 있다. 그러나 소설 쓰기에서는 주로 서사와 묘사가 제일 많이 쓰이는 것이 보통이다. 그러므로 글쓰기 초보자는 서사와 묘사를 좀 더 깊이 있게 이해하고 그 쓰임을 눈여겨볼 필요가 있다. 물론 어떤 것을 사용하는 것이 더 좋다는 말은 할 수 없다. 서사만 계속된다면 이야기가 곧바로 이어지기 때문에 흥미로울지 몰라도 깊이감이 모자랄 수 있다. 또 묘사만 계속된다면 이야기가 제자리에만 머물러 지루해지기 쉽다. 이는 자칫 독자에게 재미없고 식상하게 느껴질 수 있다. 그러므로 서사와 묘사, 때에 따라서는 설명이나 논증도 시기적절하게 사용하면 내용을 좀 더 효과적으로 표현할 수 있다.

(수필 예문 1)

　학창 시절에 부끄럼 많고 조용하기만 했던 나는 껌 한번 크게 씹어 본 적 없었다. 껌 좀 씹던 노는 언니와 친구들이 주위에 없었던 것은 아니었지만 비교적 조용하게 질풍노도의 시절을 보냈다. 그런데 작가로 입문하고부터 나는 껌 좀 씹는 사람이 되었다.

　아침에 일어나 남편과 아이들을 직장과 학교로 보내면 나는 하루를 시작하기 위해 나만의 각성 의식을 갖는다. 그 첫 번째는 커피를 진하게 내려 마시는 것이고, 두 번째는 컴퓨터로 글 작업을 시작하며 껌을 씹기 시작하는 것이다. 신경질적인 창작의 고통을 달래듯 나는 '다다닥 다닥 다다닥 다닥' 리듬에 맞추어 껌을 씹는다. 나만의 집, 나만의 공간에서 몇 시간 동안 요란하게 껌을 씹어댄다. 그러다 보면 어느새 글은 마무리되고 턱관절은 아파진다. 고상해 보이는 작가의 글 쓰는 모습은 실로 무지막지하게 무식해 보이는 왈패의 모습 바로 그것이다. 나의 껌 씹는 습관은 숫제 여기서부터 시작했다. 그러다 보니 자작나무로 만든 자일리톨 껌을 자주 구입하러 마트에 간다. 마트에 가면 재미 삼아 종류별로 껌을 산다. 어떤 회사의 껌은 같은 자작나무 자일리톨 껌이지만 씹을 때마다 고무 씹는 느낌으로 치아에 들러붙는 맛이 썩 좋지 않고 소리도 둔탁하다. 나는 여러 제품의 껌을 씹어보고 소리가 가장 경쾌하고 맑게 울리는 초록색 포장지 옷을 입은 모 회사 자작나무 자일리톨 껌을 고집스럽게 씹기 시작했다. 글 작업을 할 때마다 그 회사의 자일리톨 껌을 씹는다.

"다다닥 다닥 다다닥 다닥."

어쩌면 그렇게 맑고 경쾌한 소리가 나는지 귓가에 들리는 음은 온 집안에 울려 퍼진다. 껌은 혀와 이 사이에서 놀이하듯 요리조리 잘도 다니며 한바탕 재미나게 놀아난다. 그렇게 껌을 씹다 보면 어느새 창작의 고통은 사라지고 상쾌한 기분만 남는다. 그런데 이 껌을 씹는 일이 나 혼자 있을 때는 부담 없고 즐거운 일이지만 퇴근한 남편과 아이들은 이런 나의 모습에 질색한다. 질겅질겅 껌 씹는 소리를 듣고 도망친 적이 한두 번이 아니다. 남편과 아이들은 천장 무너지겠다며 여러 번 핀잔을 주었다.

"마루 들보 위에 숨어있던 착한 동생이 개암을 깨물자 도깨비가 놀라 달아났다지?"

나는 남편의 핀잔에 기죽지 않고 그렇게 선문답했다. 그러고는 혼자 신나 깔깔거리며 개암 깨물 듯 더 크게 껌을 씹었다. 그러면 남편은 포기하고 제 방에 들어가 티브이를 보거나 자신의 일을 찾아서 한다. 그렇게 나의 껌 씹는 버릇은 남편도 못 고치는 습관이 되어있었다.

어느 날, 남편은 최신 노트북을 사러 대리점에 가자고 했다. 나는 마침 입안이 텁텁해 하얀 속살을 뿜내는 자일리톨을 입에 물고 단물을 빨아 삼키며 따라나섰다. 버스 탈 때쯤 단물은 모두 빠졌고 본격적으로 껌을 씹기에 좋았다. 운전기사 뒤에 앉은 나는 창밖을 보며 조심조심 껌을 씹었다. 그러나 다년간 껌 씹는 기술을 보유한 터라 입을 다물고 조심조심 씹더라도 그 껌 씹는 소리가 입 밖으로 빠져나갔다. 주위를 둘러보니 모두 무관심하게 창밖을 보며 앉아 있었다. 껌 씹는 소리가 버스의 엔진소리에 묻혔나보다 지레 판단한 나는 조금은 과감하게 껌을 씹었다. 그렇게 한참을 달리던 중에 참다못한 버스기사 아저씨는 승객들 앞에서 기어코 한소리를 하고 말았다.

"아줌마! 껌 좀 작게 씹어주세요! 여기는 공공장소예요!"

나는 기어가는 소리로 "네"하고 대답했지만 이미 나의 얼굴은 홍당무처럼 빨개졌고, 남편은 그런 나의 옆구리를 쿡쿡 찌르며 "아우, 창피해."라고 말하며 껌을 뱉으라고 했다. 나는 슬그머니 아까운 껌을 뱉어냈고, 목적지에 도착하자, 줄행랑을 쳤다. 물론 남편도 지은 죄 없이 고개를 숙이며 내 뒤를 따랐다. 그러나 그런 창피를 톡톡히 당하고도 내 버릇은 고쳐지지 않았다.

그러던 어느 날, 나는 수필 책 한 권을 읽기 시작했다. 책은 김훈의 '라면을 끓이며'였다. 작가 김훈은 평범함 속에 비범함을 뽑내는 관찰력과 문장력의 소유자였다. 책을 읽는 내내 그의 글솜씨에 빨려들어 갔다. 원두커피를 음미하듯이 한 문장 한 문장 자세히 읽다 작가 김훈이 껌을 씹는 아줌마에 대해 묘사한 대목을 마주했다. 김훈은 '아줌마는 껌을 씹으면서도 거침없이 소리를 낸다. 한 번의 입 동작으로 딱, 딱, 딱, 세 번 소리를 낼 수 있는 신기한 아줌마도 있다.'라고 기술하고 있었다.

나는 김훈의 글을 읽느라 속옷을 찾는 남편은 아랑곳하지 않고 과거를 반추하며 깔깔대기 시작했다. 적나라하게 묘사된 일부 아줌마의 그 껌 씹는 모습에 나의 모습이 겹쳐지며 웃지 않을 수 없었다.

"버스에서 창피당한 게 그렇게 재밌냐?"

"아니, 이 작가가 나의 모습을 이렇게 적나라하게 그려놨네. 깔깔깔"

나는 허리가 휘어지도록 웃으며 통통하게 살이 오른 자작나무 자일리톨 하나를 입에 넣어보았다. 단물이 다 빠지자 경쾌한 소리가 리듬을 타고 방안에 울려 퍼졌다.

"다다닥 다닥 다다닥 다닥."

나는 그렇게라도 해서 내 안에 쌓인 오만가지 스트레스를 풀며 정신건강을 지키고 있었다.

"다다닥 다닥 다다닥 다닥."

〈껌을 씹으며1〉 전문

몇 년 전 탈옥범으로 악명 높았던 신 모 씨 사연을 나는 안타까운 마음을 가지고 가끔 반추한다. 경찰은 연인원 97만 명을 투입하고도 2년 6개월간 탈옥범 하나를 잡지 못했다. 그의 신출귀몰한 도주는 한때 연일 기사화 되었다. 그는 도주하는 동안 200여 건의 절도 행각을 했고, 경찰을 13번이나 따돌려 경찰청장의 옷을 여럿 벗겼다.

처음 그는 학교를 그만두고 절도죄로 소년원에 들어갔다. 당시 신모 씨의 아버지는 주변의 만류에도 불구하고 신모 씨를 훈방조치로 끝내지 말고 구속해달라고 했다. 친아버지 손으로 아들이 경찰에 넘겨진 것이었다. 아버지로서 그렇게까지 과잉 대응한 이유는 아들 신모 씨가 소년원에 가서 새사람이 되길 바랐기 때문이었으나, 그 사건으로 인해 신모 씨는 오히려 더욱 반항하는 인생을 살았다고 한다. 신모 씨의 아버지는 이후에 경찰서가 아닌 종교시설로 아들을 데려갔어야 했다며 뼈아픈 후회와 한탄을 했다.

나는 아들만 둘이다. 그것도 몇 년째 사춘기를 지내오는 아들만 둘이다. 요즘 아들 값이 많이 내려가고부터 딸만 둘은 금메달, 첫째가 딸 둘째가 아들이면 은메달, 첫째가 아들 둘째가 딸이면 동메달, 아들만 둘은 '목' 메달이란다. 또 그런 말도 있다.

아들 셋 둔 엄마는 조폭, 아들 둘 둔 엄마는 깡패란다. 거기다 아들 둘 둔 엄마는 재혼 같은 꿈은 꾸지도 말라는 우스갯소리도 있다. 이래저래 아들 둘 둔 엄마는 예전과 다르게 값이 많이 내려갔나 보다. 그러나 그런 우스갯소리가 있더라도 나는 그런대로 현실에 만족하며 아들 둘을 키워냈다. 늘 안아 주고 예뻐해 주고 놀아주었다. 그러던 나는 두 살 터울 아들의 중학교 시절부터 '목' 메달의 의미를 뼈저리게 체험해야 했다. 늘 하던 스킨십을 할라치면 아들은 경멸하듯 눈동자를 부라리며 근처도 오지 말라고 했다. 야멸찬 말로 내 마음에 비수를 꽂으며 생채기를 냈다.

"아들! 너 원래 이러지 않았어. 어릴 때 항상 엄마에게 귀여운 원숭이 애기처럼 매달렸잖아. 지금은 왜 그러는데?"

신파극도 아닌데 나는 좋았던 과거를 회상하며 그런 비굴한 대사를 치고 있었다.

"엄마, 그건 옛날 말이고, 나한테 이러지 말고 흘러가는 세월을 탓하세요."

'이럴 수가 있는가? 배은망덕도 유분수지, 좋다고 매달릴 때는 언제고, 다 크니까 이제 와서….'

나는 울분을 삼켜 마음을 진정시켜 보았지만, 배신감이 들지 않을 수 없었다. 커가는 아이들은 자신의 몸을 바쳐 보육낭에서 키워낸 다슬기 어미를 보는 새끼들처럼 나를 그렇게 하잘것없게 취급했다. 빈껍데기가 되어 강물에 떠내려가는 다슬기 어미를 나 몰라라 구경하듯 그렇게 야멸차게 굴었다.

　다 그렇지는 않겠지만, 북한의 김정은도 무서워서 남침을 꺼리는다는 미친개 같은 중2, 드세지는 남성성의 아들들에게 나는 이제 품에 안기고 싶은 엄마가 아닌가 보았다. 힘의 논리가 우선인 그들에게 나는 이제 약하고 만만한 엄마였다. 큰아들은 기회만 되면 나에게 팔씨름을 하자고 덤벼들었고, 싫다고 하는 나의 팔목을 장난치듯 가지고 놀며 자동차 와이퍼처럼 꺾어댔다. '엄마는 식은 죽 먹기지.' 하며 자신이 가진 힘의 우월성을 드러내려 했다. 팔목을 잡혀 맥을 못 추는 나는 내심 분해하며 어떻게 혼을 내줄까 별러보지만, 힘으로는 안 된다는 것을 너무나 잘 안다. 나는 분출하는 수컷들의 힘의 본능을 어떻게 다룰까? 여러 날 고심했다. 고민 끝에 크리스천인 나는 부드러운 칭찬과 기도가 약이라는 결론을 얻어냈다. 작은아들에게 기도 해주겠다며 손목을 잡았다. 대답은 여지없이 '장난해? 필요 없어'였다. 나는 거기서 포기 못 하고 아들 둘에게 기도해주는 값으로 용돈을 주겠다고 했다. 아니나 다를까 하루 한 번 기도에 얼마의 용돈을 주겠다는 제안에 아들 둘은 너도나도 기도해달라며 손목을 디밀었다. 그런 연유로 우리 집 아들 둘은 해질 때만 되면 기도해달라고 나를 따라다녔다. 그러고는 흥얼거리듯 콧바람을 내며 용돈을 받아갔다. 우리 집 사춘기 아들 둘은 저녁이 되면 엄마와 기도를 하기 위해 참 이색적인 풍경을 연출했다. 그러면 나는 흐뭇한 미소를 머금고 평소에 하지 못한 낯 간지러운 말을 기도의 형식을 통해 아들에게 전하곤 했다.

"하나님, 우리 사랑하는 아들이 어디를 가든지 사람들에게 빛이 될 수 있게 해주시옵고, 모범이 되도록 해주시옵고, 늘 아들 곁을 돌보아 주시옵고, 아직 학생이오니 학업에 열중할 수 있도록 해주시옵고, 부모님 말씀 잘 듣고 건강하게 지낼 수 있도록 해주시옵고….”

그렇게 형식적인 기도를 통해서라도 나는 방만한 사내아이가 겪는 질풍노도의 시기를 무사히 넘기기 위해 내 나름의 전략을 짰다. 젊은 날의 혈기와 호기심으로 잘못 휘어져 나락으로 빠지는 것을 방지하기 위해서였다. 비록 기도 값을 내고 ‘억지춘향이식’의 기도지만 기도 내용을 들은 아이들은 한동안이라도 고분고분해졌고 눈빛 저 너머에도 안정감이 보였다.

그렇게 수많은 잔소리에 반항의 시절을 보내던 아들은 이제 고등학생이 되었다. 어느 날 학교를 마치고 집으로 돌아온 아들은 뜬금없이 나에게 그렇게 말했다.

“엄마! 요즘 중2들 너무 무서워. 애들이 눈에 뵈는 게 없나 봐!”

파를 다듬던 나는 순간 잘못 들었나 싶어 아들을 다시 한번 바라보았다.

“애들이 모여 서서, 지나가는 나를 꼬나보잖아!”

“그래?”

“그렇다니까! 쪼만한 것들이 어찌나 무서워야지.”

아들의 말을 들은 나는 웃음이 나왔다. 그러고는 이제는 흘러간 지난날이 생각나 피시식 웃음이 났다.

　‘그러게, 그렇게 무서운 중2를 나는 둘씩이나 키워냈으니, 내가 그때 얼마나 무서웠겠니.’

〈기도 용돈〉 전문

‘그러게, 그렇게 무서운 중2를 나는 둘씩이나 키워냈으니, 내가 그때 얼마나 무서웠겠니.’

(수필 예문 3)

‘돌이켜보면 누군가를 이렇게 사랑할 수 있을까?’

세상에서 제일 사랑한 남자. 그가 어제 날짜로 나라에 감금당했다. 자유롭게 세상을 누비던 그가 일정 기간 회색빛 담벼락 안에 갇히게 되었다. 이런 날이 오다니, 이제 그를 보고 싶어도 마음대로 보지 못하게 되었다. 면회 갈 수 있다지만 긴긴 시간을 어떻게 버텨야 하나. 생이별에 가슴속 무엇인가 울컥 치밀어온다. 하지만 다시 만날 날을 기약하며 눈물을 꾹꾹 참아본다. 그리고 지금의 힘든 시간이 그에게는 결국 약 같은 시간이 될 것을 믿어 본다.

이별할 시간이 되자, 큰 키에 머리를 빡빡 민 그는 아쉬운 듯 한참 동안 나를 안아주었다. 포근했다. 그의 따뜻함이 가슴으로 전해졌다.

‘진즉에 이렇게 좀 하지.’

나는 속으로 그렇게 말했다.

“미안해.”

속엣말을 듣기라도 한 듯 그가 말했다.

늘 밖으로 나돌며 쌩하니 지나가던 그는 헤어질 시간이 되자, 모든 것을 내려놓은 것만 같았다. 아마도 그곳에 들어간 그는 그동안 바르지 못한 생활 태도와 흩어진 정신을 강제 교육과 훈련을 통해 가다듬을 것이다. 낯선 그곳에서 한 번도 경험하지 못한

험한 일들을 겪고 참아야 할 것이다. 얼차려와 기합, 더위와 추위, 그뿐인가? 집단생활에 말 못 할 억울한 일도 당할 것이다. 나는 그가 과거를 청산하고 새사람이 될 때까지 조금만 참고 인내해 주길 간절하게 바라본다.

높은 담 너머에 그를 보낸 나는 발걸음을 돌렸다. 사방에서 미친 듯한 봄바람이 불어왔다. 나는 자꾸만 흘러나오는 눈물을 꾹꾹 삼켰다. 길을 따라 핀 샛노란 개나리가 바람에 떨고 있었다. 건물로 들어갈 때 미세하게 흔들리던 그의 눈동자가 생각났다. 그를 처음 만난 후, 좋으나 싫으나, 기쁘나 슬프나, 20여 년을 함께 보냈다. 처음 그 존재만으로 행복이었다.

평균보다 큰 키에 해맑은 미소로 나를 사로잡던 강렬한 첫 만남의 추억. 그는 나에게 행복이었고 기쁨이었다. 나는 그에게 본능적으로 모든 것을 바쳐 헌신했다. 그러나 그는 세월 따라 변하기 시작했고 본색을 드러냈다. 온갖 싸움과 거짓말을 하고 다니던 그. 왕성한 호기심으로 위험천만한 선 언저리를 아슬아슬하게 서성이던 그. 나는 덕분에 그의 뒤치다꺼리를 하고 다니느라 무척 바빠졌고 지쳤으며, 곱던 나의 마음에 육두문자를 달고 살게 되었다. 누가 봐도 얌전한 여인이었던 나는 깡패로 조폭으로 거듭나고 있었다. 나는 밖으로만 나도는 그에게 받은 상처를 혼자서 달랬다. 텃밭에 앉아서 지는 노을을 바라보며 시간을 보냈다. 아기 상추를 바라보며 울화를 풀었다. 잔잔한 바람과 포근한

햇살을 위로 삼으며 도를 닦았다. 그러나 그는 이런 나의 마음일
랑 아랑곳하지 않고 여전히 밖으로만 돌며 친구와 시간을 보냈
다.

그러던 어느 새벽, 잠을 깬 나는 그가 집에서 없어진 것을 알
았다. 깜짝 놀란 나는 그에게 전화했다. 그는 '새탈' 해서 동네
공원에서 놀았단다. 바보처럼 나는 '새탈'이 뭐냐고 묻자 그는
'새벽 탈출!'의 줄임말이라며 능글능글하게 답했다.

'집이 감옥인가?'

나는 그런 생각을 하며 그와 싸워도 보고 달래도 보고 애원도
해보았다. 그러나 그는 그때뿐 변하지 않았다. 세상 즐거움을 절
제하지 못하고 달콤한 유혹에 쉽게 넘어갔다. 그러기에 그가 행
여 잘못될까 나는 늘 애태우며 지내야 했다. 많은 일을 뒤로하고
그렇게 세월은 빠르게 흘러갔다. 이제 나의 머리카락은 희게 쇠
었고 얼굴에는 잡티와 잔주름이 가득해졌다. 나도 많이 늙은 것
이다.

오늘 그 남자의 물건이 가득한 방문을 열어보았다. 익숙한 그
의 냄새가 났다. 그가 집에 있을 때 문을 잠그고 틀어 앉아 게임
을 하며 시간을 보내던 비밀스러운 방이었다. 방 구석구석을 훑
어보았다. 최신식 컴퓨터와 의자가 있고, 아무렇게나 쌓여있는
옷가지들과 먼지로 뒤덮인 책이 있고, 기념으로 모은 각종 영화
포스터와 굴러다니는 펜이 있었다. 그가 평소에 좋아하던 물건

들이 어지럽게 널려 있었다.

"하아…."

주인을 닮은 방에 나도 몰래 한숨이 새어 나왔다.

종이 하나라도 바르게 놓으려는 나였다. 나는 지저분한 방을 정리하기로 마음먹었다. 먼저 창문을 열고 고인 공기를 환기시켰다. 그런 다음 폴리에스터 천으로 만들어진 상자에 그의 겨울옷, 여름옷, 춘하추동 바지를 분리 정리했다. 한 짐이던 방이 조금 정돈되었다. 다음은 책상과 책장, 서랍을 정리했다. 그의 생활 태도만큼 쓰러진 책들을 일렬로 바로 세우고 잡동사니로 가득 찬 서랍을 정리했다. 쓸데없어 보이는 각종 쓰레기는 50리터 쓰레기 봉지에 담아내고, 쓸모 있을 것 같은 물건들은 따로 선별해 플라스틱 바구니에 담아냈다.

어머나, 그런데 웬 사진 뭉치가 서랍 구석에 숨겨있었다. 나는 호기심에 이끌려 비닐봉지 속의 사진을 꺼내 들었다. 왠지 떨리는 마음을 진정시키며 사진을 보았다. 사진에는 그와 한 낯선 여자가 있었다. 둘은 다정하게 뽀뽀하고 있었다. 나는 심한 배신감이 들었다. 심장이 빠른 속도로 뛰기 시작했다. 사진을 끝까지 넘겨보았다. 행복하게 웃고 있는 그와 낯선 그의 여자. 나를 볼 때 없던 환한 그의 표정이 사진 안에 있었다. 내가 모르는 그의 표정은 낯설기만 했다. 떨리는 마음으로 서랍을 더 뒤져보았다. 그와 그의 여자가 그간 주고받은 연애편지가 여러 장 있었다. 참을 수 없는 호기심에 편지를 읽어보았다.

“사랑해.”

“내가 더 사랑해.”

“아냐, 내가 더 사랑해.”

그와 그의 여자는 그렇게 뜨겁게 애정을 주고받았다. 질투가 났다.

‘지난 20여 년 동안 아끼던 남자가, 뽀뽀 한번 해달라면 참 비싸게 튕기던 그 남자가, 그 콧대 높은 남자가 다른 여자랑 뽀뽀도 하고 손편지도 주고받다니….’

배신과 질투로 눈물이 났다.

한동안 그렇게 망연자실 앉아있던 나에게 어디선가 읽은 중국 속담이 떠올랐다.

‘인연은 한 권의 책과 같다. 대충 보면 놓칠 수 있고 너무 열심히 읽으면 눈물이 날 수 있다.’

아마도 이 속담은 매사에 중용의 마음으로 선을 지키며 살라는 것이 아닐까 하는 생각이 들었다. 나는 속담을 되새기며 마음을 다독여 보았다. 한결 가벼워졌다.

‘붙잡고만 있던 그를 이제는 놓아주리. 그 존재만으로 감사하리.’

그렇게 마음먹자, 어지럽던 내 마음도 그의 방처럼 정리되어 갔다.

그래 그것이 지극히 자연스러운 순리인 것이다. 나는 그렇게 마음먹으며 혼자 중얼거렸다.

“아들아! 군 복무 잘 마치고 부디 몸 건강하게 돌아오너라.”

〈짝사랑〉 전문

(자전적 소설 예문 1)

선선한 대나무 자리에 누워서 누렇게 낡은 시집 몇 쪽을 읽다 초저녁부터 잠이 들었다. 어머니의 저녁밥 먹으란 소리에 어렴풋이 잠이 깼지만 다시 까무룩 잠들어버렸다. 그러다 낮에 들었던 영어 강사의 또랑또랑한 강의 소리와 학생들의 어떤 풋풋한 열기가 설핏 느껴오는 것만 같아 잠이 깼다. 어둠을 뚫고 벽에 걸린 괘종시계가 새벽 4시를 알렸다. 나무로 된 격자무늬 여닫이문을 열어보았다. 초여름이지만 아직 시원한 새벽 공기가 방 안으로 밀려들어왔다. 검푸른 하늘에는 보석이라도 뿌려놓은 듯 수많은 새벽별들이 아직도 밤하늘을 밝히고 있었다.

'아, 이 얼마나 숨 막히게 아름다운 하늘인가!'

나는 빵 같이 부풀어 오르는 사춘기 몸만큼 새벽 공기를 크게 들이마셨다. 저 별 어딘가에서 왠지 어린왕자와 꽃의 대화가 들리는 것만 같았다. 농부인 아버지가 리어카에 야채를 가득 싣고 새벽 댓바람부터 장사하러 시장에 나갈 때가 있었다. 나는 가끔씩 어머니를 도와 졸린 눈을 비비며 리어카를 밀어준 적이 있었다. 그때 내 손은 리어카를 밀고 있었지만 나의 눈은 항상 저 새벽하늘을 향하고 있었다. 하늘을 올려다 볼 때마다 별들 사이에 숨어있는 수많은 동화 주인공들이 별별 이야기를 들려주는 것만 같았다. 나는 그때마다 나의 마음도 저 하늘을 닮아 항상 아름답고 풍요하기를 바랐다.

해가 뜨자 아침부터 찌는 더위가 몰려왔다. 나는 청바지와 가벼운 티셔츠 차림으로 옷을 입고 비닐 소재 보조가방에 책과 노트를 욱여넣어 한쪽 팔에 둘러메고 집을 나섰다. 10여분 동안 동네 신작로를 따라 걷자 얼마 전 새로 생긴 버스 정유장이라고 쓰인 쇠기둥 팻말에 도착했다. 고르지 못한 비포장 도로 탓인지 멀리서 덜컹거리며 달려오는 버스는 흙먼지 구름을 일으켰다. 내가 버스에 올라타자 차는 또 이내 몸체를 좌우로 흔들며 흙길을 출발했다. 버스는 전주 시내 외각을 여러 군데 들리고는 아스팔트로 포장된 시내로 들어섰다. 줄지어 있는 상점들 간판을 습관적으로 읽고 있자니 버스가 시내 학원가에 도착했다. 내가 버스에서 뛰어 내려오자 여름 소나기가 한두 방울 후두둑 떨어지기 시작했다. 나는 비를 피해 학원 처마로 뛰었다. 비에 젖은 나는 학원 화장실로 달려 들어가 싸구려 휴지를 둘둘 말아 빗물을 털어내고 곧 강의실로 달려갔다. 강의실 안에는 서서 잡담하는 아이들 몇과 수업 시작을 기다리며 자습을 하는 아이들 몇으로 나뉘어 있었다. 잡담하던 남학생 몇은 강의실 안으로 들어서는 나를 흘끔흘끔 쳐다보며 저희들끼리 이야기를 주고받았다. 소극적인 나는 고개를 푹 수그리며 내 성격과 비슷하게 전날에 앉았던 중간 어디쯤의 자리를 앉았다. 그 순간 예의 남학생들의 "빨리 앉아” 하는 목소리가 나지막이 들려왔다. 그때 한 남학생이 내 앞의 오른쪽 옆자리에 슬그머니 자리를 잡고 앉았다. 그러고는 마치 나 보란 듯이 요란하게 학원 수업 교재인 ‘성문종합영어’ 책을 펴고 무엇인가를 중얼중얼 외우기 시작했다. 나는 고개를 기울여 대각선에 앉은 그 괴짜같아 보이는 남학생 옆모습을 신기한 듯 훔쳐보았다. 내 또래의 남학생을 그렇게 자세히 보기는 처음이었다. 남학생은 왠지 길들여지지 않은 야생마같이 거침없어 보였다. 큰 키에 듬직한 느낌의 풍채, 그야말로 처음 눈에 띄는 남자 사람이었다. 그날부터 내 눈 안에 그 남학생이 들어왔다. 수업시간 내내 자석에라도 끌리듯 온 신경이 쓰였다. 진지한 남학생의 수업 태도에 질세라 나도 덩달아 열심히 수업을 들어보려고 했지만 신경은 온통 그 남학생을 향해 있었다. 남학생은 그 후로도 내가 자리를 잡고 앉으면 항상 내 앞 대각선 어디쯤에 자리를 잡고 앉았다. 나의 시야각에 들어오는 자리였기 때문에 여간 신경 쓰이는 것이 아니었다. 어느 날 나는 대각선의 앞자리에만 앉는 그 남학생을 신경 쓰다 그만 볼펜을 떨어트렸다. 볼펜은 속절없이 그 남학생 신발 근처까지 떼굴떼굴 굴러갔다.

“저기요…….”

내가 그렇게 중얼거리듯 다 말하기도 전에 남학생은 얼굴을 붉히며 벌써 보고 있었다는 듯이 볼펜을 주워 슬그머니 내게 건

네주었다. 옆자리에 앉은 같은 학교 친구 진숙이도 성난 여드름
을 더욱 붉히며 재미있다는 듯 내 옆구리를 콕콕 찔렀다. 나는
진숙이의 방정맞게 나풀대는 손을 가만히 눌러 잡아주었다.

≪젊은 날 이야기≫ 중에서

(자전적 소설 예문 2)

학부모가 된다는 설레는 마음으로 아이를 보자 콩나물처럼 커버린 준호가 참 대견했다. 천식과 아토피로 내 애간장을 어지간히 녹이더니 이제는 제법 컸다고 기침도 줄어들었다. 희뿌연 피부의 아이는 살집도 없어 병치레를 많이 한 흔적이 보인다. 안타까움과 대견함으로 만감이 교차하는 내 심정을 아이는 알까? 뱀 허물 같던 피부와 끝없이 쏟아내던 기침, 가래. 그 속에서 늙어버린 내 마음을 이 아이는 알까? 아토피로 인해 가려움이 피를 부르고 피가 고름을 부르고 고름이 가려움을 부르던 시절이 있었다. 바람 한 점에 온종일 피 토하는 기침을 한 적이 있었다. 초보 엄마이던 나는 실수도 많이 했었다. 울기도 많이 했었다. 핏덩이 아이에게 화도 내보았다. 지금 생각하면 미안한 일이다. 아이도 그렇게 아프고 싶지는 않았을 텐데 말이다.

초등학교 입학식이 있던 날, 나는 아이 보다 더 설레는 마음으로 옷을 고르고 고른 옷을 다리미로 말끔히 다려 꽃단장했다. 제법 세련되어 보이는 바지 투피스에 작은 꽃무늬가 수 놓인 블라우스를 입었다. 아이는 늦장 부리는 나에게 입학식에 늦겠다며 투정을 부렸다. 발을 동동 구르면서 현관문 앞에 서 있었다. 밖은 삼월의 날씨라고 믿기 어려울 만치 추웠다. 쌩한 바람과 뼛속을 파고드는 추위가 있었다. 입학식 5분 전에 학교에 도착한 아이와 나는 5반 푯말 앞에 있던 선생님에게 인사를 했다. 그러나

선생님을 둘러싼 다른 학부형과 아이들에 밀려 준호와 내 인사
말은 바람결에 묻혀 버렸다. 우리는 뒤로 떠밀려 식이 시작하기
를 기다렸다. 아이 담임은 정수리 부분의 머리카락이 빠진 대머
리의 중년 남자로 턱선이 다부지게 각을 이루어 고집스럽게 보
였다. 권위를 한껏 내세운 앙다문 입과 작달막한 키는 빈틈 하
나 없어 보였다. 생머리의 풋풋해 보이는 옆 반 여선생의 모습
이 부럽지 않은 것은 아니었지만 50대의 연륜이란 것을 기대해
보며 선입견을 없애 보려 했다. 입학식이 시작되자, 희뿌연 하늘
에서는 진눈깨비까지 날렸다. 얇은 새 옷을 입은 준호와 몇몇 아
이들은 사시나무 떨듯 달달 떨고 있었다. 입학식이 끝나자 아이
와 나는 추위에 쫓겨 집으로 뛰었다. 아파트 엘리베이터 문 앞에
서자 그동안 오다가다 몇 번 보았던 원준 엄마가 살갑게 말을 걸
어왔다. 날이 춥다는 둥, 선생님을 어떻게 보았냐는 둥, 같은 5
반인데 친하게 지내자는 둥, 내가 미처 뭐라 말하기도 전에 그녀
는 깡통 까보이듯 속엣말을 해왔다. 아이들은 길어질 것 같은 엄
마들의 수다를 참지 못하고 엘리베이터를 타고 올라가 버렸다.
원준 엄마는 아이들이 올라가자 5반 불도저에 대한 정보를 토해
내기 시작했다. 불도저는 아이 담임의 별명이었다. 성질이 불같
기로 소문난 불도저 선생은 아이들의 사소한 실수에도 학부형을
쥐 잡듯 한다고 했다. 불도저는 학부모회 엄마들에게 봉투를 돌
린다는 둥, 봉투가 안 되면 일일 봉사로 때워야 한다는 둥, 원준
엄마는 제 말에 신이 나서 엘리베이터를 여러 번 놓쳐가며 설명

해주었다. 그녀는 불도저 반이 된 원준이를 걱정하며 한숨을 내쉬었다. 나는 어떤 낭패감으로 가슴이 떨려왔다.

아이들의 학교 적응 기간인 삼월이 가기 전에 9권의 책이 배분되었다. 원준 엄마는 책이 모자란다며 내게 전화를 했다. 나는 원준 엄마가 불러주는 과목을 맞추어보았다. 수학 익힘책이 빠져있었다. 책이 빠져있음을 알림장에 적어 아이 담임에게 알렸다. 그러나 어찌 된 일인지 사흘이 지나도 책은 오지 않았다. 초조해진 나는 똑똑지 못해 보이는 아이만 나무랐다.

"선생님께 책 달라고 말하라니깐 말했어?"

"말했는데, 선생님이 막 화내. 무서워서 더 말 못 하겠어."

아이는 얼굴을 찡그리며 그렇게 말하고 있었다.

답답해진 나는 어려움을 무릅쓰고 학교에 전화했다.

"누구?"

아이 담임은 막냇동생같이 어린 학부모에게 숫제 반말이었다.

"준호 책이 없어서요."

"어 알어. 내가 바빠서…, 알았어."

찰칵하는 소리 끝에 뚜뚜 신호음이 들렸다. 아이 담임의 태도에 마음이 복잡해졌다. 바쁜 선생님에게 미안해지려는 마음과 선처를 기다려야 했나 하는 후회 섞인 경솔함이 나를 불편하게 했다. 게다가 아이 담임은 나에게 벌 받는 학생 취급을 했다. 마음이 편치 못하던 나는 다음날 학교를 다녀온 아이의 가방을 뒤져보았다. '알았어' 했던 아이 담임은 수학 익힘책을 챙겨 주지 않았다. 나는 어떤 분노 섞인 당혹감을 꾹꾹 누르며 당장 5반 교실 앞까지 찾아갔다. 용기를 내어 학교를 찾아간 나는 교실 문을 보자 마음이 떨려왔다. 어떻게 해야 할지 곤혹스러웠다. 나는 다시 근처 슈퍼로 달려갔다. 잘 정돈된 음료수 상자를 훑어보았다. 종류도 참 다양했다. 학창시절에 가끔 마셔보았던 '알멩이가 톡 터져요' 하며 광고하던 오렌지 주스 한 박스를 샀다. 나는 오렌지 박스 손잡이를 그러쥐고 학교로 향했다. 용기를 내어 교실 문을 노크하자, 아이 담임은 대뜸 예의 그 누구? 했다. 담임은 교실로 들어서는 나를 흘끔 쳐다보고는 하던 인터넷 서핑을 마저 하며 마우스를 바삐 움직였다.

"누구 엄마더라?"

선생은 지난 학부모 총회 때 얼굴을 디밀었던 나를 몰라보고 있었다.

"준호 엄마예요."

"어쩐 일로?"

아이 담임은 여전히 마우스를 움직이며 모니터에 시선을 고정한 채였다.

"아 네 저⋯."

나는 참 무심한 선생님에게 대뜸 수학 익힘책을 달라고 빚쟁이처럼 말할 자신이 없어 우물쭈물 서 있었다.

"이리 와서 커피 마셔, 다음부터는 준호 엄마가 커피 좀 타고."

불도저는 한쪽 입꼬리를 올리며 좀 느끼하게 말하고 있었다.

“예?”

나는 바보처럼 ‘예? 아! 네’ 짧은 대답들만 연거푸 말하고 있었다. 커피를 내미는 아이 담임에게 나는 이런저런 이야기를 꾸역꾸역 끄집어내며 숫기 없는 준호를 잘 부탁한다고 했다. 소심한 나는 자리에서 일어서며 수학 익힘책을 달라고 해야 하는지 순간 고민에 빠졌다. 쭈뼛거리던 나는 안녕히 계시라는 인사를 하고 교실 문을 열었다. 왠지 책을 받으러 왔노라고 말할 수가 없었다. 순간 아이 담임이 와락 미워졌다. 조금만 신경 써 줄 것이지 하는 원망이 생겼다. 그러다 책 없이 수업하는 아이를 언제까지 보고만 있을래? 하는 목소리가 마음에 울려왔다. 나는 가던 길을 획 뒤돌아서서 말했다.

“참 선생님, 우리 준호 수학 익힘책이….”

나는 깜박 잊었다 생각났다는 투로 물었다. 아이 담임은 아주 잠깐 당황하는 표정을 지었다.

“지금 가져다 놓은 책이 없네, 내 것 가져가. 근데 준호 엄마 참 순진하다.”

나는 네? 하며 멋쩍게 손을 내밀어 책을 낚아채 왔다. 괜스레 미안한 감정도 들었지만, 그 길로 도망치듯 교실을 나와 버렸다. 복도로 뛰어나온 나는 재민 엄마와 마주쳤다. 그녀는 화려한 옷차림에 커다란 선물 상자를 들고 있었다. 나는 눈인사를 잠깐 하고는 못 볼 걸 본 것만 같아 재빠르게 고개를 돌려버렸다. 생각해 보니 엄마 노릇도 참 어려운 것 같다는 생각이 들었다. 게다

가 어떤 모멸감으로 인해 등줄기에서 식은땀까지 흘렀다. 순진
하다니…. 아파트 놀이터에서 만난 원준 엄마는 책 받아온 나의
떨떠름한 사연을 듣고 시큰둥하게 반응할 뿐이었다. 본인도 선
생님을 찾아가서 책을 받아왔지만 좋은 분 같더라는 말과 함께.

　며칠이 지난 후, 반 학부모 모임이 있었다. 마음 맞는 사람들
몇이 얼굴 좀 보자는 것이었다. 집을 내어 준 원준 엄마는 간단
한 다과를 내놓았다.

　"재민이 엄마는 방과 후에 학교에서 산다며?"

　누군가 그렇게 말했다.

　"그 엄마도 힘든가 보더라. 본인도 할 일이 있는데 선생님이
부르면 안 갈 수도 없잖아?"

　"뭐 대신에 아이를 잘 봐주잖아, 스티커도 제일 많이 모으고."

　"선생님도 바쁜 것 같은데 도와주면 좋지 뭐."

　원준 엄마 말이었다.

　"스티커?"

　멍청한 나의 말이었다. 준호는 스티커에 대해 한마디도 없었
기 때문이었다.

　"자기네 아이는 스티커 안 받아 와?"

　"전혀."

　아이가 착한 일을 할 때마다 칭찬과 함께 준다는 것이었다.
나는 원준이 스티커 판을 보고 놀랐다. 빽빽이 붙어있는 포도알
들이 참 많기도 하였다.

“많다.”

“이게 뭐가 많아. 준민이랑 학부모회 애들은 벌써 한판 새로 받았다는구만.”

“자기도 그렇게 뻣뻣하게 굴지 말고 가서 일도 도와주고 그래.”

“이게 아이들 스티커야? 순 엄마들 스티커지?”

누군가 그렇게 말했지만, 준호 걱정 때문에 아무 말도 들리지 않았다.

나는 집으로 돌아와 준호의 서랍을 뒤져보았다. 꼬깃꼬깃하게 구겨진 포도알 판이 있었다. 그러나 포도알은 하나도 없었다. 나는 시무룩하게 하교하는 준호를 맞이했다. 무슨 일이 있느냐고 물으면 아이는 별일 없다고 했다. 나는 집안일을 하며 아이를 관찰했다. 아이는 채널을 이리저리 돌렸다. 어떻게든 아이에게 말을 걸고 싶었다.

“준호야! 너네 선생님이 착한 아이들에게 스티커 주니?”

아이가 응. 하고 무덤덤하게 말하자 할 말이 없어졌다.

“애들 많이 받아?”

아이는 귀찮다는 듯 응. 하며 짧게 말을 끊고 텔레비전에 열중했다.

“근데 너는 왜 안 받아 와?”

“난 그딴 거 필요 없어.”

아이는 왠지 잔뜩 골을 내며 그렇게 말했다. 입을 굳게 다문 아이에게 그다음 말은 들을 수 없었다. 나는 좀 삐뚤어져 가는 아이가 걱정되었다.

한 달에 한 번꼴로 돌아오는 급식 도우미 봉사에 갔다. 아직 어린 1학년 아이들에게 밥과 반찬을 나누어주고, 교실 청소를 해주는 일이었다. 아이들은 일렬로 줄을 서서 국과 밥, 반찬을 탔다. 채소나 김치가 나오면 '조금만요', '그거 주지 마세요.' 라고 말하곤 했다. 그나마 조금 가져간 밥과 국도 어김없이 남겨서 버리기 일쑤였다. 나는 음식 찌꺼기로 버려진 아까운 밥과 반찬을 보며, '요즘 애들은' 하면서, 예전 어른들이 하던 그대로 혀를 찼다. 아이들이 하나둘 빠져나간 교실에 남아 뒷정리를 하고 집으로 돌아가려 하자, 인터넷을 하던 아이 선생님이 물었다.

"시간 있어?"

"예? 예."

나와 다른 학부형은 약속이나 한 듯 그렇게 말하고 아이 선생님을 빤히 쳐다보았다. 이럴 경우 시간 없어도 있어야 한다고 누군가 우스갯소리를 했었다.

"이것 좀 도와줘."

우리는 말 잘 듣는 학생처럼 "네." 하고 말했다.

아이 담임 앞에 서면 왜 그리 주눅이 드는지 원. 꼭 초등학교 1학년으로 돌아가 버린 기분이 들었다. 게다가 그는 너무도 당당했다. 아이 담임이 부탁한 일은 몇 가지 글자를 보기 좋게 오려내어 코팅을 한 후, 교실 여기저기에 붙이는 것이었다. 왠지

불편한 마음으로 일을 끝내고 집으로 돌아갈 때는 꽤 늦은 오후
가 되었다. 아파트 엘리베이터를 기다릴 때 시장을 보고 오던 원
준 엄마가 아는 체를 했다.

"이제 와?"

"선생님 일 좀 도와주느라."

원준 엄마는 이상야릇한 표정을 하고는 몸을 흔들흔들하며
고개를 끄덕였다. 나는 숨죽은 배추처럼 지쳐 더는 말하고 싶지
않았다. 이튿날이 되자, 몸살이 났는지 몸이 뻐근했다. 딱따구리
몇 마리가 머릿속을 쪼나 보았다. 몸은 물먹은 스펀지처럼 무거
워져서 금방이라도 몸속의 액체들이 뚝뚝 떨어질 것만 같았다.
오후가 되자 수업이 끝난 아이는 초인종을 눌러댔다.

"엄마! 엄마! 빨리 문 열어!"

아이는 제 성미를 못 이기고 발을 구르며 문을 두드렸다.

"왜, 화장실 급해?"

문을 열어주며 물었다.

"엄마! 이거."

아이는 포도알 스티커 두 장을 들어 올리며 빠진 앞니로 환하
게 웃었다.

"스티커 받았어?"

어정쩡한 내 말이었다.

"어 선생님이 내가 말 잘 듣고 애들이랑 사이좋게 잘 지낸다
고 줬어."

아이는 서랍 속에 팽개쳐진 포도알 판을 찾아내 잔뜩 구겨진 주름을 손바닥으로 폈다. 아이는 포도알 두 개를 자랑스럽게 붙였다.

"엄마! 나 선생님 말씀 더 잘 들어서 이거 다 채울 거다."

아이는 말끝을 경쾌하게 올리며 리듬을 탔다.

포도알 두 개로 저런 천사 얼굴을 하다니…. 나는 가치관의 혼란을 느끼며 참 어정쩡하게 대답했다. 내 자식만을 보아달라고 치맛바람을 일으키며 다른 아이에게 상처 주는 것은 내 아이에게도 칼을 들이대는 것으로 생각했다. 그러나 치마 회오리바람 한가운데에 내 아이만 내버려 두는 것 또한 상처일 수 있었다. 나는 머릿속에서 제멋대로 쪼아대는 딱따구리를 진정시키려 두정엽을 길게 눌렀다.

그 후로 나는 포도알을 따내기 위해 아이 담임을 자발적으로 도왔고, 가끔 호출도 받았다. 학교를 둘러싼 아파트 학부모들 사이에는 소문이란 것이 무성했다. 창문 넘어 학교를 주시하는 눈들이 쉼 없이 굴러가고 있기 때문이었다. 학급 일에 열성인 나는 어느새 그들 입방아에 오르내렸다. 출근한다는 둥. 불도저 개인 비서라는 둥.

어느 날 집 안 청소를 하고 있던 나는 시부모님의 전화를 받았다. 아파트로 갈 터이니 집에 있으라는 것이었다. 나는 빨래를 걷어내고 음식을 장만했다. 그때 전화벨이 또 울렸다.

"바빠?"

일이 있으면 아이 담임은 늘 그렇게 묻곤 했다.

시부모의 방문으로 인해 내키지 않았지만, 나는 또 '아니요'라고 대답하고 말았다. 나는 부랴부랴 학교 갈 준비를 했다. 학교 일을 빨리해준다면 시부모의 방문 시간에 맞출 수 있다고 판단했다. 아파트 입구를 나서자 원준 엄마와 마주쳤다. 그녀는 말끝을 배배 꼬며 말했다.

"바쁜가 봐? 얼굴 보기 힘들어."

원준 엄마는 나를 요모조모 살폈다.

"응 선생님이 뭐 좀 도와 달라서서, 나 먼저 갈게."

나는 내키지 않는 걸음을 학교로 옮기며 하고 많은 자모 중에 왜 하필 나를 이라는 말을 중얼거리고 있었다.

"왔어?"

아이 담임의 말이었다.

"운동회 때 할 꼭두각시 연습해야 하는 데 애들 좀 인솔해!"

간단한 일로 여기고 잠깐 다녀갈 생각이었던 나는 낭패감을 느꼈다.

"어서어서."

나는 말 잘 듣는 학생처럼 "네."라고 대답했다.

시계를 보았다. 10분 후면 시부모님이 도착할 시간이었다. 나는 몰려나오는 아이들에 휩쓸려 운동장으로 향하고 있었다. 운동장에는 1학년 담임들과 학생들이 다 모여 있었다. 나는 왠지 창피했다. 분명 여기는 내 자리가 아니었다. 아이들 사이에 서

있던 나는 어디론가 숨고 싶었다. 다른 반 선생님들은 나를 흘끔거렸다. 너도 참 어지간히 한다는 말이 들리는 것만 같았다.

"아줌마만 따라가면 돼요?"

제일 앞에 있던 코흘리개 꼬맹이가 그렇게 말했다.

"와, 아줌마가 선생님인가 봐."

어디선지 또 그런 말도 들렸다.

얼굴이 후끈 달아올랐다. 잔칫집 분위기 나는 경쾌한 음악 소리가 들려왔다. 나는 아이들을 이끌어 달팽이 집 같은 나선형을 그렸다. 음악이 끝날 때쯤 앞줄 아이들과 뒷줄 아이들을 이어 원을 만들어주었다. 원은 아이들이 쓰는 서툰 글씨체만큼이나 삐뚤했다. 나는 아이들 간의 간격을 맞춰주고 발로 땅을 파는 아이들을 바로 세워주었다. 국악이 울려 퍼지자, 아이들은 서투르게나마 새 각시와 새신랑 춤을 추었다. 꼭두각시 춤 연습이 끝나자, 박 터뜨리기 경기를 연습했다. 아이들은 운동장 양 끝에 일렬로 섰다. 나는 막대기를 들고 운동장 중앙에 서 있게 되었다. 호각소리를 신호로 아이들은 와 하는 함성을 지르며, 나에게 달려들었다. 모래주머니를 주워 박을 터트리는 시늉을 했다. 작고 여린 고사리 손이 나에게 돌팔매를 던지는 것만 같았다. 아이 담임은 그늘에 몸을 숨기고 호각을 불렀다. 호각소리는 아이들을 운동장 양 끝으로 불러 모았다. 나는 이상한 나라의 앨리스가 되어 병정들에게 쫓기는 기분이 들었다. 그늘에서 쉬고 있던 왕은 만면에 미소를 띠고 자비를 베풀 듯 나의 목숨을 잠시 연장시켜

주는 것만 같았다. 왕의 명령이 시작되면 나는 또다시 조롱거리가 되어 창끝에 매달리는 신세가 되겠지. 그때 수업이 끝났음을 알리는 종이 울렸다. 등줄기에서 식은땀이 다 났다. 나는 종소리와 함께 교실로 뛰어가는 아이들을 넋 나간 듯 바라보았다.

"수고했어, 고마워."

그늘에서 쉬고 있던 아이 담임은 그렇게 말하고 교실로 들어갔다.

나는 학교를 등지고 집으로 가면서 내가 무슨 일을 하고 다니는지 심한 자괴감에 빠졌다. 타박타박 걸어가다 멈추어선 나는 괜스레 울고 싶기도 하고 화도 나는 것 같은 이상한 기분이 들었다. 혼이 빠진 지푸라기 인형 같았다. 온몸이 흐느적거리는 유통기한 지난 생미역 같았다. 나는 아파트 입구로 들어서서 엘리베이터 버튼을 기계적으로 눌렀다. 12층을 누르자, 기계가 움직이기 시작했다.

'아, 이대로 하늘 끝까지 올라갈 순 없을까?'

문이 열리자, 멍한 나는 습관적으로 몸을 내렸다. 그런데 맙소사! 시부모가 잔뜩 화난 얼굴로 나를 내려보고 있지 않은가. 황급히 현관문을 열어 어른들을 안내했다. 그다음은 많은 가르침과 지은 죄 보다 더 비굴해지는 내 모습이 전부였다. 밤이 되어서야 요에 등을 눕히고 한없이 울었다. 남편은 시부모의 한소리가 원인이려니 지레짐작하며 아직도 찔찔 짜는 내게 혀를 찼다. 모두 잠든 밤, 밤이 깊도록 나는 잠을 이룰 수 없었다. 와 아줌마가 선생님인가 봐. 하던 어떤 아이의 목소리와 다른 반 선생의 흘끔거리던 눈초리, 아이 담임의 '수고했어'라는 짤막한 인사말과 모래주머니를 던지는 아이들이 뒤섞여 나를 괴롭혔다. 한숨도 자지 못한 나는 물에 젖은 짚단 같은 몸을 가누며 남편과 아이를 위해 아침상을 차렸다. 남편과 아이는 아침밥을 먹는 둥 마는 둥 하더니 시간에 쫓겨 집을 빠져나갔다. 나는 따끈한 안방으로 들어가 다시 몸을 눕혔다. 그러다 스르르 잠이 들었다. 꿈속에서 준호는 온몸을 긁어대며 울고 있었다. 허물 벗듯 벗겨지는 죽은 세포 틈에 붉은 피들이 뚝뚝 떨어지는가 하면 금세 피부가 곪아 부어올랐다. 문둥이 같은 얼굴을 한 준호는 갈고리 같은 날카로운 손톱으로 고름이 진 피부를 헤집으며 또 피를 부르고 있었다. 나는 문둥이 같은 준호의 얼굴에 놀라 비명을 지르며 잠에서 깨어났다. 식은땀이 줄줄 흘렀다.

"엄마! 엄마!"

어디선가 준호가 울면서 나를 불렀다. 시간을 확인하고 현관문을 열어주었다. 벌써 낮 한 시가 되었다. 아이는 가방을 내팽개치며 침대로 뛰어들었다.

"원중이 자식이 나를 놀려, 그 자식이 오늘 내가 받은 스티커도 찢어버렸어! 내 스티커가 다 가짜래, 선생님은 내가 착해서 주는 것이 아니래, 엄마들이 하는 소리 들었대."

나는 아무 말 못 하고 아이를 안아 주었다. 어떤 말도 할 수가 없었다. 변명도 거짓도 진실도. 아이는 어깨를 들썩이며 눈물을 흘렸다. 책상 앞에 붙여놓은 포도알 판이 눈에 들어왔다. 덕지덕지 붙어 있는 포도알이 돌이 되어 내게 날아왔다. 아이는 내 품에 안겨 그렇게 한참을 울다 지쳐 잠이 들었다. 아이를 바르게 눕힌 나는 포도알 판을 떼어 방을 나왔다. 베란다에 서서 밖을 내다보았다. 키 큰 아파트가 사방에 서 있었다. 가슴이 몹시 답답해져 왔다. 그때 전화벨이 울렸다.

"나야, 지금 바뻐?"

아이 담임이었다. 담임은 부탁이 있을 때면 늘 그렇게 물어보았다. 그러면 나는 몹시 바빠도 안 바쁜 척 내숭을 떨며 모든 일을 제쳐두고 달려갔다.

"예 좀 일이 있거든요, 왜 그러세요 선생님?"

나는 용기를 내어 그렇게 말했다.

"어어 그래?"

아이 담임의 당황하는 목소리가 역력히 들려왔다.

"일이 좀 있어서. 준호 엄마 바쁘면 원준 엄마에게 전화해봐야겠네."

아이 담임은 그렇게 말하고 전화를 끊었다.

나는 홀가분함으로 어깨까지 뻐근해져 왔다. 쓴웃음이 피식피식 나왔다. 나는 베란다로 나갔다. 여전히 푸른 하늘이 나를 부르는 것만 같았다. 포도알 판을 보았다. 몹시 부끄러워졌다. 들고 있던 포도알 판으로 정성껏 비행기를 접어보았다. 스티커의 부피로 인해 통통하게 살찐 비행기가 됐다. 아파트 사이사이로 보이는 쪽빛 하늘을 올려보며 비행기를 날려보았다. 바람에 떠밀린 비행기는 잠깐의 비행을 즐기다 아름다운 하강을 하고 있었다. 내일이면 아이가 또 어떤 일로 상처받을지 모를 일이다. 그러나 강을 건넌 자만이 그 땅에 갈 수 있듯이 나는 종이비행기에 몸을 싣고 푸른 하늘을 돌며 하강의 상쾌함을 즐길 것이다.

〈스티커 모으기〉 전문

창조는 모방에서부터 시작한다. 먼저는 자신의 이야기를 담아낼 그릇이 되는 장르를 정하고, 거기에 해당하는 장르인 수필이나 소설의 형식을 분석하며 읽는다. 그러고는 머릿속에 떠오르는 이야기를 형식에 맞게 쓰고 끝맺음을 맺으면 된다.

글쓰기는 자동차 운전과 같다. 먼저는 운전하는 방법을 배우고 습관적으로 쓰기 연습을 하면 베스트드라이버가 되겠지만, 면허만 따고 운전이 두려워 자동차를 멀리한다면 가까스로 딴 면허는 장롱면허가 되어 결국 운전을 못하게 된다.

글은 끊임없이 써보고 쓴 글을 읽어 보며 문장이 물 흐르듯 자연스럽게 흐르는지 살피고 고쳐야 한다. 먼저는 플롯을 대략 짜고, 여기에 주제에 맞는 다양한 에피소드를 서술하며 이야기를 풍성하게 만들다 정점에 이르러 갈등을 해결하고 이야기를 끝맺는다.

학창 시절에 누구나 그림을 그려보았을 것이다. 우리는 그림 그릴 때 먼저 도화지에 십자가를 그려 구도를 잡는다. 그다음은 균형 잡히게 대략의 스케치를 하고, 이후 자세히 묘사하다 정성스럽게 채색으로 마무리하여 한 점의 그림을 완성한다. 글쓰기도 마찬가지다. 독서나 사색하다 영감이 떠오르면 메모하고 거기에 떠오르는 생각을 덧붙인다. 이를 모티브 삼아 플롯을 짜고 기-승-전-결 순으로 초고를 쓴 후, 주제에 맞는 참신한 아이디어와 에피소드로 살을 붙여간다. 이후 글이 전체적으로 구성과 균형이 맞나 여러 번 보면서 퇴고한다. 퇴고는 할수록 글이 좋아진다. 이것이 최선의 길이자 노하우다.

♣ 상상력 키우기

그 순간 나오는 생각을 적어라. 골똘히 짜내지 않은
생각들이 보통 가장 가치 있다.
(프란시스 베이컨)

Q
아이를 키우는 엄마입니다.
동화 쓰기에 대해 궁금합니다.
어떻게 써야 하나요?

초등학생이 쓴 동화가 출간되는 과정을 보았다. 초등학생이
초등학생에게 들려주는 동화인 셈이다. 한 멘티가 자신의 포부
를 그렇게 밝혔다. 모든 시민이 한 권의 동화책을 출간하게 하는
사업을 하고 싶다는 것이었다. 참신했다. 어떤 계기로든 사회 각
계 각층의 사람이 책 쓰기에 관심 갖는 것은 바람직하다.

그러나 동화 쓰기에 앞서 먼저 동화란 무엇인가? 이것부터 아
는 것이 중요하다. 동화가 무엇인가라는 질문은 동화를 처음 쓰
고자 하는 사람들의 관심사이자 물음이다. 동시에 현역작가들도
한번쯤 갖게 되는 질문이기도 하다. 그러나 현실은 동화가 무엇
인지 학술적인 전문지식을 알지 못하는 사람이라도 충분히 동화
를 쓸 수 있고 또 쓰고 있다. 이것은 각 장르의 글마다 일어나는
일이며 이상한 일이 아니다. 한국에서 태어난 어린이가 어려운
문법을 모르면서도 자유롭게 한국어를 말하는 것과 같은 이치이

기 때문이다. 말하는 능력이 먼저지 복잡한 문법을 아는 것이 먼
저는 아니다. 마찬가지로 자연스럽게 창작하는 것이 중요한 일
이지 어려운 창작이론을 줄줄 꿰는 것이 먼저는 아니다. 또 이론
에 너무 치우치다 보면 정작 자유로운 창작에는 방해될 수 있다.
동화작가는 창작자이며 동화 이론을 분석하는 사람은 학자일 뿐
이다. 그럼에도 동화를 전문적으로 생산하기 위해서는 동화 창
작 이론을 어느 정도 정립할 필요가 있다.

그렇다면 동화는 무엇인가?

이 질문에 대한 답은 하나일 수 없다. 마치 '삶이 무엇인가?',
'행복이 무엇인가?', '사랑이 무엇인가?'라는 질문에 대한 답이
다양한 것처럼 '동화 쓰기가 무엇인가?' 또는 '동화가 무엇인가?'
에 대한 답은 작가의 소견에 따라 다르다. 하여 그중에 일반화되
고 공감되는 몇 작가의 의견을 소개한다.

소설가 박완서의 최초 동화집 ≪자전거 도둑≫의 서문에서
작가는 동화에 대해 이렇게 기술했다. "소설로는 못 풀어낼 답답
한 심정을 동화라는 형식에 의탁하고자 했을 것이다. 옛날 우리
할아버지 할머니가 삶의 경륜과 가슴에 박힌 못을 해학으로 단
순화시켜 손자들에게 들려주듯이…."

박완서 작가가 기술 하듯이 동화는 소설로 말하지 못하는 부
분의 짧은 이야기라도 소재와 주제에 구애받지 않고 다양하게
표현할 수 있는 장르다. 필자도 소설을 쓰다 동화를 쓰는 작가로
서 같은 소견이다. 동화는 길이와 상관없이, 연령에 상관없이 창

작과 표현의 폭이 더 넓다. 달에 토끼가 살고 거북이와 경주하며 용궁에도 다녀온다. 마음대로 상상의 나래를 펼치는 것이다. 이같이 동화는 창작과 표현이 무궁무진하다. 그러나 동화 쓰기에 한 가지 유의할 점이 있다. 좋은 동화는 모든 나라의 어린이가 공감할 수 있는 보편적인 정서 즉 자신의 미래를 꿈꾸면서 온갖 어려움을 헤쳐 나가는 끈기 있는 용기와 도전정신에 기반을 두어야 하고 어린이에게 기쁨을 주는 동화라야 한다. 동화 쓰기에 있어 작가만의 특화된 세계관을 고집하는 것은 문제 될 수 있다. 시나 소설 등 다른 문학 장르에서는 '작가주의'에 기반하여 작가의 열정과 독특한 개성, 고집이 표출된다. 그러나 동화에서 그런 것을 함부로 나타내서는 안 된다. 동화는 보편화된 사상으로 절제하며 나타내야 한다. 세계관이나 가치관이 한쪽으로 치우치지 않아야 한다. 어린이가 '나는 어떤 동화를 읽고 크게 무엇을 얻었다.'고 말할 수는 없어도 성인이 되는 과정에서 마음 어딘가에 자연스럽게 녹아있어야 좋은 동화의 조건이 된다. 동화는 한 사람이 인격체로 성장하는 데에 있어서 보이지 않는 밑거름이 되어야 좋은 평가를 받을 수 있다. 어느 틀에 갇힌 사상, 주의나 편협한 감정 속에서 써진 동화는 좋은 동화가 아니다. 동화는 다양한 상상력을 보이지만 상식적이어야 하고 범세계적으로 누구나 수용할 수 있어야 한다. 이 말은 누구나 받아들이기에 치우침 없고 포괄적인 내용이어야 한다는 말이다. 동화의 내용이 어느 시대, 어느 지역, 어떤 주제의 이야기건 상관없이 범세계적인 영향을 발휘할 때 좋은 동화라고 볼 수 있다.

　동화에서 주의할 점 중에 다른 하나는 '동화의 독자는 누구인가?'이다. 글을 쓸 때 작가가 자기 작품을 읽어줄 독자를 생각하는 것은 당연한 일이다. 이것은 소통의 문제이기 때문이다. 독자가 누구냐에 따라 문체나 내용이 달라질 수 있기 때문에 대상이 누구냐를 생각하는 것은 중요하다. 기획서나 보고서를 쓰는 보고자도 결정권자에 맞춰서 글을 쓰듯이 독자가 누구냐는 중요하다. 동화작품을 쓸 때도 마찬가지다. 동화의 주 독자는 어린이기 때문에 그 어린이가 몇 세인가에 따라서 유아용, 초등학교 저학년용, 고학년용으로 나뉘고 동화의 내용이나 문체도 달라진다. 그런데 여기서 한 가지 생각해볼 점이 있다. '동화의 독자는 꼭 어린이뿐이어야 하는가?' 하는 문제이다. 생각해 보면 어른 또한 명작동화를 읽고 감동받기 때문이다. 만약 동화의 독자를 어린이로만 한정 짓고 어린이가 모르는 것을 가르치려 하고, 기존 세대 사고방식을 그대로 따라오게 강요하며, 이렇게 자라야 한다는 식으로 한계를 지어준다면 어떻게 될까? 이런 동화는 자칫 어른은 보는데 어린이가 안 보는 작품이 될 수 있고, 어린이나 어른도 안 보는 작품이 될 수 있다. 그러기 때문에 좋은 동화는 어린이와 어른 모두 즐겨보는 작품이어야 한다. 어린이, 성인, 노인 상관없이 모든 세대가 공감할 수 있어야 좋은 동화다. 예를 들면, 명작동화 안데르센의 ≪성냥팔이 소녀≫나 ≪벌거벗은 임금님≫, ≪미운 오리 새끼≫는 유치원 다니는 어린이가 읽거나, 초등학생이나 청년, 세상을 두루 경험한 노인이 읽어도 나름대로 가치와 감동을 받게 된다. 그 가치와 감동이 살아온 세월에 따라 강도가 다를 수 있겠지만, 어린이와 어른 모두 즐겨보는 작품임에는 틀림없다. 그러기에 명작이다. 좋은 동화는 두루두루 선한 영향을 끼친다. 동화의 아버지라고 불리는 안데르센은 '나는 어린이를 대상으로 동화를 쓰지 않았다.'고 말했다. 이 말은 어린이에게 무엇을 가르치기 위하여 수준을 낮추지 않았다는 의미다. 즉 어린이니까 낮추어보고 쓰지 않았다는 말이기도 하다. 동화작가는 어린이만을 의식하거나 어른만을 의식하거나 하지 말아야 한다. 동화작가는 어린이와 어른, 나이에 상관없이 동심을 가진 사람이라면 누구나 즐겨 읽을 수 있는 작품을 써야 진정 좋은 동화를 쓰는 것이다. 어린이나 어른 모두가 읽는 동화, 동심을 가진 누구나 즐겨 읽는 동화, 어릴 때 읽던 동화를 나이 들어 읽어도 감동이 있는 동화는 좋은 동화다.

이제 질문에 맞게 동화를 어떻게 써야 하는지 배워보자.

사실 필자에게 동화를 어떻게 쓰냐는 질문은 호흡을 어떻게 하냐는 물음과 같다. 이 말은 그만큼 호흡과 같이 쉽다는 뜻이라기보다 본능적으로 동화를 쓴다는 뜻이다. 그러나 필자는 글쓰기가 익숙하지 않은 이들에게 어떻게 글쓰기를 하는지 단계별로 분석하여 차근차근 설명하려 한다. 다음은 작가에 따라 약간의 순서 변동이 있을 수 있으나 멘티에게 도움을 주기 위해 동화 쓰기를 세분화해본다.

모든 글에는 말하고자 하는 뜻이나 생각, 이야기가 있다. 그러니 먼저 말하고자 하는 핵심 글감을 낚는 일이 우선이다. 필자는 같은 말을 반복해서 물어보는 치매 걸린 어머니에게 지쳐갈 때 단편 동화 ≪암탉 깜빡이≫를 쓴 적이 있다. 치매에 대해 깊이 생각할 때 우연히 떠오르는 생각이 암탉이었다. 암탉은 어떤 일이든 깜빡 잊어도 자식을 보호하려는 모성애는 잊지 않는다는 이미지가 있기 때문이다.

이같이 핵심 글감은 생각의 바다에서 가장 흥미로운 글감을 낚는 것이다. 글감에는 보통 주제를 포함하는데 거창한 주제에 연연하면 글쓰기가 어려워진다. 주제에 대한 부담감에서 힘을 빼고 메모, 스크랩, 영감을 소재 삼아 대략적으로 이야기를 구성한다. 여기서 이야기의 배경이 되는 장소는 직접 취재로 자료 수집을 하고 분석하는 것이 글에 현장감을 살릴 수 있다. 그렇게 함으로 사실적으로 글을 쓸 수 있고 글감이 풍성해진다. 이야기를 구성하는 가운데 한 가지 유의할 점은 타당성이 있으면서 몰입감 있는 플롯을 짜는 것이다.

단편 동화보다 장편 동화 (소설)에 유효한 플롯의 기본은 처음에 주인공의 특징을 나타냈다면 다음은 주인공이 위기에 빠지고, 갈등을 겪어, 마지막에 갈등의 결과를 얻는 순이다. 이것은 가장 기본적인 형태의 플롯을 활용한 이야기다. 평이한 일상 같은 스토리를 나열하는 것보다 이같이 플롯을 짜면 글에 몰입하기 쉽다. 이야기의 기승전결이 갖는 각각의 목표를 이해하고 이야기에 적용시키면 최소한 기본이 되는 스토리가 나온다. 흔히 말하는 문제작들은 기승전결의 용도가 정석에서 한참 벗어나 있고 전개가 평이하거나 아니면 내용이 뒤죽박죽이라 몰입이 안 되는 것이다.

◆좋은 플롯의 필요조건

·긴장이 있어야 한다. 긴장이 없다면 좋은 플롯이 아니다.
·대립하는 세력으로 갈등을 만들어라.
·대립하는 세력을 키워 긴장을 고조시켜라.
·선과 악으로 구성된 등장인물의 이분법적 성격은 변해야 한다.
·모든 사건은 중요한 사건이어야 한다. 중요하지 않은 사건은 생략하라.
·결정적인 것을 사소하게 보이도록 해라.
·무슨 일이든 이유가 있어야 한다. 인과관계도 확실치 않은 상태에서 사건이 막힘없이 풀리는 스토리를 전개하면 안 된다.
·절정에서는 주인공이 중심적인 역할을 해야 한다.

·설정 구멍은 적을수록 좋다. 플롯에 구멍이 생기면 개연성
　과 논리성이 떨어져 납득할 수 없게 된다.

　이같이 결말을 열어두고 플롯에 맞추어 자유롭게 스토리를
전개해 보는 것은 중요하다. 또한 주된 스토리에 재미있는 에피
소드를 곁들여 보라. 에피소드는 아이들의 정서에 맞는 천진난
만한 유머를 섞는 것이 좋다. 여기에는 살아있는 매력적인 등장
인물도 창조해야 한다. 인물의 키가 크거나 마르거나 어떻게 생
겼다는 형식보다 성격과 습관을 그리되 사건에 대처하는 모습을
통해 개성 있게 그리는 것이 좋고 장황하게 설명하지 않도록 해
야 한다. 동화의 주인공이 사람이 아닌 동물이나 식물, 제3의 무
생물일 경우는 사람 이상으로 개성 있게 그려야 한다. 한 가지
주의할 점은 메인 스토리에 붙은 곁가지에 해당하는 에피소드를
쓸 때 메인 주제와 맞는지 살펴야 한다. 에피소드가 주제와 맞지
않을 때는 과감하게 삭제해야 한다. 공연히 의미 없이 등장하는
이야기나 인물이 있어서는 안 된다. 작가는 문장 한 줄도 책임져
야 한다. 거대한 이야기의 물길이 군더더기 없이 결말을 향해 가
는지 보아야 하고 곁가지로 새는 물길이 있다면 원가지로 돌려
놓아야 한다. 글쓴이는 이야기의 흐름이 자연스럽게 결말로 이
어지고 있는가를 살피며 매듭을 지어야 한다. 결말에는 주제를
설명하려고 하지 말고 인상에 남는 결말을 지어야 한다. 결말에
따라 작품 전체의 평과 질이 달라질 수 있기 때문이다. 그만큼

반전으로 여운이 남는 결말은 중요하다. 다음은 제목 짓기다. 동화 제목은 글쓰기 처음이나 중간 혹은 마지막에 지어도 무방하다. 제목은 글의 결말을 지어놓고 여러 번 바꿀 수 있다. 모든 글이 그렇지만 동화 제목은 쉽고 인상적이며 재미있을 것 같은 제목이어야 한다. 이런 순으로 동화를 썼다면 동화의 문장 다듬기는 여러 번 반복해야 한다. 동화 문장은 이해하기 쉽고 간결해야 하는데 퇴고할수록 군더더기가 없어질 것이다. 퇴고는 매우 중요하므로 시간을 두고 보아야 한다.

Q
동화(글)를 쓰기 위해
상상력은 어떻게 키우나요?

　동화뿐 아니라 창작 글을 쓰는데 상상력과 창의력은 꼭 필요한 자질이자 능력이다. 게다가 최근 미디어 장비의 대중화와 1인 방송의 활성화 등으로 창의적인 콘텐츠와 스토리를 가진 사람들이 각광을 받고 있다. 앞으로는 주어진 것에만 충실하던 수동적인 사람보다 상상력과 창의력이 뛰어난 능동적인 사람이 더 각광 받는 시대인 것이다. 그렇다면 이 기발한 상상력과 창의력은 어디에서 나올까?

　사전에서 우리의 뇌(腦, brain) 또는 골을 다음과 같이 설명하고 있다. 뇌는 신경 세포가 하나의 큰 덩어리를 이루고 있으면서 중추 신경계를 관장하는 기관이다. 뇌는 본능적인 생명 활동에 있어서 중요한 역할을 담당하는데, 여러 기관의 거의 모든 정보가 일단 뇌에 모이고, 뇌에서 여러 기관으로 활동이나 조정 명령을 내린다. 뇌는 학습의 중추이며 움직임과 행동을 관장하고,

신체의 항상성을 유지할 뿐만 아니라 인지, 감정, 기억, 학습 등을 담당한다. 이처럼 유기적으로 연결된 우리 뇌는 각기 정상적인 역할을 통해 제 기능을 발휘한다. 여기서 창의력과 상상력은 뇌의 활발한 외부, 내부 자극을 통해 발휘되기도 하고 무의식에 묻히기도 한다. 즉 어떤 자극으로 무의식의 바다에서 대상을 찾아내어 조합이나 변형을 거쳐 새로운 결과물을 만들어 낸다. 우리는 이 기발한 결과물에 따라 상상력과 창의력이 좋다 혹은 나쁘다고 할 수 있다. 하여 무의식의 세계에서 의식의 무엇인가를 창작하기 위해서는 잠재된 자료나 무의식의 세계가 풍부해야 한다. 그러기 위해서는 직접, 간접 체험으로 뇌에 많은 자극을 주어야 한다.

한국인 평균 아이큐가 106으로 세계 최고다. 한국인은 지능도 최고, 공부시간도 최고, 교육열도 최고지만 그 성과는 어떤가? 노벨상 수상의 경우 한국인은 2020년 현재까지 1명이지만 유대인은 1901년부터 2014년까지 195명이나 상을 받았다. 원인은 무엇인가? 한국은 주입식 교육인 반면에 유대인 교육은 질문과 토론 문화로 이루어져 왔다. 예를 들어 '네 의견은 어때?', '너는 어떻게 생각하는지 말해볼래?'라는 질문과 그에 맞는 토론으로 뇌에 끝없이 자극을 주어 사고를 유발한다. 과거 우리의 유교식 교육전통은 일방적인 주입식 교육으로 선생님 말씀에 딴소리하지 않고 집중하기를 바라지만 유대인 교육은 다르다. 유대인들은 지식의 주입만을 교육으로 간주하지 않고 관찰을 통해 지식에 대한 근본적인 개념과 원리를 이해하기 바란다. 또한 이를 바탕으로 새로운 문제에 대처할 수 있는 풍부한 상상력과 창의력이 배양될 수 있도록 유도한다. 이를 위해 유대인의 탈무드 교육은 고대로부터 질문과 토론으로 이루어져 왔다. 질문과 대답, 토론은 관찰과 사색이 필요하다. 하여 정답이 하나만 있는 것이 아니라 보는 시각과 관점에 따라 다양한 답이 있을 수 있음을 가르친다. 그렇다 보니 공교육 역시 질문과 대답, 토론으로 진행된다. 듣기만 하는 교육 차원이 아니라 질문으로 창조적인 생각을 하게 하고 관찰과 사색을 통해 말하도록 유도한다.

대개의 일반인은 뇌 10%를 채 쓰지 못하는 반면, 유대인인 아인슈타인은 뇌의 15%를 사용했다고 한다. 그렇다면 뇌 10%를 채 쓰지 못하는 일반인이 창의력과 상상력을 극대화하여 글쓰기에 적용하려면 어떤 방법이 있을까? 개인마다 깊이와 넓이가 다른 무의식의 세계에서 의식화된 글감을 낚는 방법 몇 가지를 소개한다.

◆나 홀로 브레인스토밍하라

글쓰기 연습 과정 중 '마구 쓰기'가 있다. 생각이 막히고 글 문이 터지지 않을 때 무의식에 잠재되어있는 글감을 백지에 마구 써보는 것이다. 이것은 상상력을 자극하는 데 좋다. 써본 것에 가지를 치고 또다시 파생되는 아이디어를 써보는 것은 일종의 '나 홀로 브레인스토밍'이다. '나 홀로 브레인스토밍'은 주제를 정하고 쓰면 더 좋다. 이렇게 하다 보면 재밌는 일이 벌어진다. 결과물에 가지를 쳐 더 깊게 파고 들면 전혀 생각하지 못했던 정보와 아이디어가 튀어나온다.

마구 쓸 때 지켜야 할 세 가지 원칙은 단문으로 쓸 것, 한번 시작하면 일정 시간 멈추지 말고 쓸 것, 맞춤법을 의식하지 말 것 등이 있다.

◆ 그림 한 장으로 무의식의 세계에 잠자던 관찰 대상과
   관련 있는 어떤 경험을 조합하라

글쓰기 수업에서 종종 쓰는 방법 중에 마음에 드는 그림 카드를 골라 무의식 속에 잠자던 경험, 생각을 연결시켜 이야기를 끌어내는 방법이 있다. 그림 한두 장을 골라 이야기를 만들어보고 다음에 무슨 일이 일어날 것인지 상상해 글을 써보라. 다양하고 새로운 스토리가 펼쳐지는 것을 보게 될 것이다.

◆ 관찰을 통해 여러 가지 상상해보라

창의력과 상상력을 자극하는데 신체의 6가지 감각을 사용하

여 관찰해보는 것도 한 방법이다. 먼저는 사람의 삶과 말투, 표정을 관찰하는 인간 관찰과 행동 심리 관찰, 사건 보도 관찰, 자연 관찰, 사물 관찰, 무형의 세계 관찰을 해보는 것이다. 관찰을 통해 사색하고, 사색을 통해 통찰하면, 깊이 있는 자기의 글이 나온다. 그렇다면 구체적으로 어떤 방법으로 관찰하면 창의력과 상상력이 있는 글을 써낼까? 동석한 친구나 창밖을 지나는 타인을 관찰하고, 관찰 대상의 장점과 단점, 부모와의 관계, 내면에 숨겨둔 비밀, 생각을 상상해서 글로 옮겨보라. 재미있는 이야기의 출발점이 될 것이다.

◆ 명상을 통해 상상력을 키워라

다음은 수많은 베스트셀러를 써낸 베르나르 베르베르가 한국의 모 방송에서 소개한 방법이다. 먼저 눈을 감고 마음속으로 하늘을 나는 상상을 한다. 하늘을 자유롭게 날다 땅에 내려온 명상자는 푸른 언덕을 걷는 상상으로 이어진다. 언덕 위를 걸어 올라가면 오두막집이 보인다. 상상 속에 보인 오두막집 문을 열고 들어가면 큰 창을 통해 햇볕이 가득 들어오는 거실이 있다. 거기에 커다란 책상이 있다. 가까이 걸어가면 책상 위에 노트 한 권이 있다. 노트를 펼치자 그림이나 글씨가 있다. 명상자는 보이는 대로 읽어 글의 내용을 노트에 옮겨 적는다. 명상의 내용이 그럴듯하면 그것이 모티브가 되어 글의 출발점이 될 수 있다.

◆ 찰나의 영감을 메모하라

어떤 이야기를 쓸지 고민일 때 앞에서 제시한 방법으로 이야기의 실타래를 풀어가는 것은 좋은 방법이다. 그러나 이와 반대로 찰나와 같이 스치는 영감을 메모하여 글을 쓰는 방법도 있다.

해리포터를 쓴 조앤 롤링은 영국 액세터 대학 불문학과를 졸업하고 비서로 취직했으나 항상 뭔가를 끼적거리며 공상하는 습관 때문에 업무를 제대로 수행하지 못했다. 결국 비서직에서 해고된 그녀는 맨체스터 회사에 입사했고 바로 그때 집과 맨체스터를 오가는 기차 안에서 위대한 영감이 떠올랐다. 조앤 롤링은 영감이 떠오를 때를 다음과 같이 기술했다.

"난 그저 기차 안에 앉아 초원에서 풀을 뜯는 소 몇 마리를 바라보고 있었어요. 그런데 바로 그때, 내 마음에 해리에 관한 아이디어가 번뜩 떠오르는 것이었어요. 무엇이 어떻게 그런 생각을 불러일으켰는지는 지금도 설명할 방법은 없어요. 하지만 내 마음의 눈에 해리와 마법 학교가 선명하게 보인 것만은 확실해요. 자신이 누구인지 모르고 있는 소년에 대한 발상은 그렇게 갑자기 떠오른 거랍니다."

영감을 얻은 후로 그녀는 시간이 날 때마다, 마법사 소년과 그를 둘러싼 모험에 관한 온갖 아이디어를 닥치는 대로 적기 시작했다. 이리하여 친척 집에서 초라하게 양육되다가 어느 날 갑자기 자신이 마법사라는 사실을 알고 마법 학교로 향하는 고아 소년 해리포터의 이미지가 구체화 되었다. 글을 쓰는 데 중요한 것은 메모다. 조앤 롤링은 번개처럼 흘러가는 영감을 잡아 재빠르게 메모지에 기록해두었다. 온갖 아이디어가 생각날 때마다 닥치는 대로 적었다. 스토리를 만드는 데 있어 메모는 중요하다. 이 메모들을 모아 큰 틀을 잡고 살을 붙이며 잔가지를 쳐서 다시 살을 붙이는 과정을 거치며 이야기를 완성했다. 스쳐 지나가는 기막힌 영감을 놓치지 마라. 상상력을 키우는 것은 메모에서 시작한다.

◆ 트리즈(발명문제해결이론 40가지)를 활용하라

1961년 겐리흐 알트슐러는 발명을 배우는 방법을 출간하며 수많은 특허를 분석 정리한 트리즈 기법을 소개했다. 트리즈 기법은 발명에 대한 40가지 방법이지만 이 원리를 숙지하고 창조적 글쓰기에도 활용해 보자.

먼저 트리즈 기법을 활용한 글쓰기는 문제 발견─문제정리─긍정적 사고전환─해결방안─IFR (비용대비 효과의 비율이 높은 것) 순으로 이야기를 풀어간다.

먼저 문제해결 방안에는 분할, 추출, 부분 활용, 비균형, 통합, 다용도, 투사와 동화, 균형, 후퇴하기, 선행조치, 교토삼굴, 높이 맞추기, 반대로 하기, 융통성, 역동성, 과부족, 차원변화, 진동, 주기적 작용, 지속성, 신속성, 전화위복, 반응활용, 매개체, 스스로 하기, 복제, 미봉책, 대체 에너지, 지연성, 보호막, 긍정성, 이미지 변화, 동질성, 폐기와 재생, 속성변화, 상태변화, 관계변화, 활성화, 비활성화, 융합화 등 40가지 방법이 있다. 어떤 문제, 어떤 어려운 상황이든 이 40가지 중 하나를 활용할 수 있다.

(대표적인 활용 예)

1. 투사와 동화〉

시나 동화를 쓸 때 유용한 창작 방법으로 투사나 동화를 들수 있다. 나무 되어보기, 의자 되어보기, 돼지 되어보기 등 주변에 있는 사물이나 생물이 되어 그 입장에서 말하고 싶은 것을 말해보면 누구도 생각하지 못한 창의적이고도 생생한 이야기를 펼칠 수 있다.

2. 반대로 하기〉

청개구리는 늘 반대로만 하는 습성이 있다. 아들을 잘 아는 청개구리 엄마는 죽을 때 개울가에 묻어달라고 유언한다. 그렇게 말하면 아들이 반대로 할 것을 예상했기 때문이다. 그러나 청개구리는 이번만은 엄마 유언대로 개울가에 묻어준다. 이는 트리즈 기법의 '반대로 하기'에 속하며 반전의 결말로 독자에게 안타까움과 아이러니를 남긴다.

3. 복제〉

탐관오리가 백성의 고혈을 빨아먹어 민초의 삶이 피폐해질 때 홍길동은 탐관오리의 창고를 털어 가난한 백성에게 재물과 식량을 나누어준다. 이에 격분한 탐관오리는 홍길동을 잡으려고 혈안이 되어 찾아다닌다.

홍길동이 탐관오리에게 잡히지 않게 하려면 어떻게 해야 할까? 여러 가지 방법이 있지만, 트리즈 기법 중에 하나인 복제를 써서 위기를 모면한다. 즉 탐관오리가 홍길동을 잡았다고 생각하면 이웃 마을에 같은 홍길동이 출몰하는 방식이다.

◆고전이나 명작을 변주하라

고전이나 명작의 줄거리를 바꿔 쓰는 방식은 창의적 글쓰기에 좋은 방법이다. 없던 것을 새롭게 만드는 것이 창조지만 있는 것을 다르게 만드는 것도 창의적 글쓰기다. 남들이 생각하지 못한 것을 새롭게 만드는 것이 어렵다면 기존의 작품을 선정하여 어떻게 시작하고 어떻게 마무리하는지 살피고 자신의 관점대로 변주해보라. 명작은 모방의 대상이다. 벤치마킹하고 흉내 내어 보고 재창조해보라. 기존의 작품을 그대로 하는 것은 표절이지만, 명작에 내 스토리를 만들어 넣으면 창조다. 스토리 창작의 비밀은 '변주'에 있다. 이는 모방에 해당하지만, 일종의 창조적 모방이다. 고전이나 명작의 이야기를 반대로 써보는 것은 글쓰기에 효과적이다.

예를 들어 누구도 못 말리는 말괄량이 장화와 홍련이 예쁘고 착한 새엄마를 괴롭힌다. 당하기만 하던 새엄마는 남편과 손을 잡고 장화와 홍련의 못된 버릇을 잡기 위해 여러 가지 계략을 세운다는 식이다. 명작의 변주는 기존의 내용과 캐릭터를 새로 잡아 재창조하는 것이다. 또는 ≪선녀와 나무꾼≫의 근육질 나무꾼이 목욕을 하는데 이에 반한 못생긴 선녀가 나무꾼의 옷을 몰래 숨긴다는 식의 내용이다.

창의적 글쓰기가 어려우면 말로 해보는 것도 한 방법이다. 아이들 놀이 중 '낱말 잇기 게임'이 있는데, 그보다 더 창의력을 요구하는 '스토리 잇기 게임'을 해보는 것이다. 이는 순발력을 요구하는 게임으로 이야기의 줄거리를 번갈아 바꾸는 것이다. 예를 들면 ≪별주부전≫을 가지고 스토리 잇기를 하면 기상천외하고 다양한 이야기가 나와 재미를 더 할 것이다.

거북이가 용왕의 심부름으로 육지에 올라왔다.

그러나 빌딩만 빽빽하게 보일 뿐 토끼는 없다.

거북이는 토끼를 찾아 헤맨다.

한강공원, 남산, 지하철, 동물원.

우여곡절 끝에 동물원에 도착한 거북이는 토끼를 만난다.

거북이는 동물원의 토끼를 빼내려고 온갖 감언이설을 늘어놓는다.

토끼는 용왕을 만나고 올 테니 대신 동물원에 살고 있으라는 조건을 건다.

사명감이 투철한 거북이는 토끼의 제안을 받아들인다.

토끼는 동물원에 갇힌 거북이를 바보라고 약 올리며 멀리 도망간다.

고전을 비틀어 써보는 것은 창의력과 상상력을 키우는 한 방법이다. 명작동화를 읽고 저마다 다르게 써보고 싶은 부분을 고쳐보고 재구성을 해보라. 재미난 글이 나올 수 있다. 다음은 초등학교 저학년이 명작동화 ≪백설공주≫를 짧게 비틀어 쓴 내용이다.

(고전 변주 예)

마녀   (사과를 내밀며) 이 사과 좀 드셔 보삼! 공짜요.

백설공주   (울며) 저 이빨이 썩어서 못 먹어요.

마녀   (속엣말로) 아, 질 수 없지. (퇴장)

잠시 후, 갈아 만든 독 사과 주스를 들고 다시 등장하는 마녀.

백설공주   (마녀를 보지도 않고 귀찮은 듯 화를 내며) 아,
           글쎄 못 먹는다고!
마녀   (음흉하게 공주 코 앞에 주스를 갖다 대며)
           갈아서 만든 사과요.
백설공주   그럼 줘봐 (주스를 받아 조금 맛보다 뱉어내며)
           아, 맛없어 퉤퉤퉤

좋은 동화책을 만드는
(출판) 노하우는 무엇이 있을까요?

좋은 동화책을 만들기 위해서는 우선 콘텐츠가 먼저다. 뛰어난 상상력으로 국경을 넘는 보편적인 가치를 담아 아이들에게 기쁨을 주는 동화는 가치가 있다. 동화는 전래동화와 창작동화로 나뉘고 창작동화는 생활 동화와 판타지 동화로 나뉘는데 여기서 판타지 동화는 곤충이 여행을 다니고 달과 별이 말을 한다. 또한 물고기를 통해 바닷속 세상의 모험을 즐길 수도 있다. 그러므로 동화는 아이들의 상상력을 자극하기에 충분하다. 다른 장르의 문학에 비해 표현 방법도 다양하다. 그림 동화는 활자에 맞는 그림을 적절히 섞어 독자에게 기쁨을 선사할 수 있다. 설사 글이 조금 부족하더라도 그림으로 보충할 수도 있다. 그런 의미에서 그림 동화의 그림은 중요한 몫을 차지한다. 어떤 그림 동화는 글 없이 스토리에 따른 그림으로만 구성된 경우가 있다. 글을 읽지 못하는 영유아는 상상의 나래를 펼쳐 각각의 내용을 유추

할 것이다. 좋은 동화책을 만들기 위해서는 감동과 재미를 주는 글과 구성이 먼저 있어야 하고 내용을 잘 표현한 그림이 있어야 한다. 글과 그림의 질이 좋아야 좋은 동화책도 만들 수 있다.

다음은 글에 맞는 일러스트 작업물 예시다. 동화의 장면별로 그린 그림을 하나로 묶은 결과물이 그림 동화가 된다.

≪하루살이의 내일과 메뚜기의 내년≫ 한 컷

(동화 예문 1)

어느 더운 여름날이었어요. 바람 한 점 없이 해님만 뜨겁게 빛나는 날이었어요. 그러나 부지런한 개미는 오늘도 땀을 뻘뻘 흘리며 먹이를 나르고 있습니다.

"영차! 영차!"

부지런한 개미는 더운 여름에도 쉬지 않고 일을 했습니다. 풀잎 밑에서 쉬고 있던 하루살이가 지나가는 개미를 보고 한심한 듯 비웃었습니다.

"얘 개미야! 너는 이렇게 더운 날 쉬지도 않고 왜 그렇게 일만 하니?"

"내일 우리 아기 생일이라 맛있는 걸 주려고 해."

개미는 잠시 이마에 땀을 닦으며 말했어요.

"내일?"

하루살이는 도무지 무슨 말인지 모르겠다는 듯 물었어요.

"응! 내일."

개미는 다시 먹이를 나르기 시작했어요.

"내일이 뭔데?"

하루살이는 개미를 뒤따라오며 물었어요.

"오늘이 지나면 내일 해가 뜨잖아. 해가 다시 뜨면 내일이지."

개미는 먹이를 힘겹게 나르며 대답했어요.

"세상에, 내일이 어디 있니? 밤이 깊어지면 우리는 모두 죽어.”

하루살이는 개미의 이상한 말을 도무지 믿을 수 없었어요.

“내일이 있다는 걸 믿지 않는 것은 너의 자유지만 내일은 분명히 있어! 내일이 지나면 또 내일이 오고 그 내일이 지나면 또 내일이 와.”

개미는 걸음을 멈추고 자신 있게 말했어요.

“거짓말하지 마! 내일 같은 것은 절대 없어!”

하루살이는 이상한 말을 하는 개미에게 큰 소리로 말했어요.

“네가 믿든 안 믿든 해가 지면 내일 또다시 해가 뜨는 건 사실이야. 그럼 나는 그만 가봐야겠어. 우리 아기가 기다리거든.”

개미는 먹이를 끌고 집으로 들어가 버렸어요.

“흥! 미련한 개미 같으니라고! 내일이 대체 어디 있다는 거야? 오늘 밤 친구들이랑 불놀이나 실컷 해야지.”

하루살이는 엉뚱한 말을 하는 개미에게 화가 났어요.

하루살이는 친구들에게 날아가 개미 이야기를 했습니다. 그러자 하루살이 친구들이 개미를 비웃었어요.

“개미는 바보야.”

“맞아! 맞아!”

하루살이는 친구들과 함께 밤새워 놀았습니다. 그리고 해가 뜨기 전에 모두 죽었습니다.

다음날 개미는 풀잎 밑에서 죽은 하루살이를 보았어요. 죽은 하루살이를 보고 있자니 개미의 마음이 아팠습니다. 마음 착한 개미는 양지바른 곳에 하루살이를 묻어주었어요.

곡식과 과일이 풍성한 가을이 왔습니다. 들판에는 곡식들이 누렇게 익어가며 겸손하게 고개를 숙이고, 밭에는 과일과 채소들이 탐스럽게 익어가고 있었습니다.

개미는 추운 겨울이 오기 전에 양식을 날랐습니다. 개미는 오늘도 열심히 일했습니다. 개미는 먹을 것이 가득 찬 창고를 보자 기분이 무척 좋아졌습니다.

"이만하면 겨울 동안 걱정 없겠는걸?"

멀리뛰기 하던 메뚜기가 궁금한 얼굴로 개미에게 물었습니다.

"얘 개미야! 들판에 먹을 게 넘쳐나는데 넌 왜 그렇게 미련하게 먹이를 모아놓니?"

메뚜기는 개미를 한심하다고 생각했습니다.

"추운 겨울과 내년 봄에는 먹을 게 별로 없으니까 미리 모아놓는 거야."

개미는 창고에 그득한 양식에 뿌듯한 마음이 들어 그렇게 대답했습니다.

"내년이라고?"

메뚜기는 이상한 말을 하는 개미가 우습다는 표정으로 되물었습니다.

"그래, 내년!"

개미가 또박또박 대답했어요.

"내년이 어디 있어? 추운 겨울이 오면 우리는 죽는 거야."

메뚜기는 확신에 찬 얼굴로 개미에게 말했습니다.

"내년은 있어. 추운 겨울이 지나면 따뜻한 봄이 와. 봄이 가면 여름이 오고 여름이 가면 가을이 와. 해가 뜨고 지는 걸 반복하듯이 추운 겨울이 가면 내년 봄은 반드시 와."

개미는 메뚜기가 알아듣게 차근차근 설명해 주었습니다.

"내년이라고? 흥! 그런 건 믿을 수 없어!"

메뚜기는 도무지 개미 말을 믿을 수 없었어요.

"여름에 하루살이가 너처럼 내일이 없다고 화를 낸 적이 있었지. 그렇지만 내일이 계속 반복되어 오늘이 되었어. 그러니까 네가 믿을 수 없다고 내년이 없는 것은 아니야."

개미가 자신 있게 말했어요.

"흥! 거짓말! 그래도 내년은 없어!"

메뚜기는 개미의 이상한 말을 도저히 받아들일 수 없었어요. 메뚜기는 자신의 말을 끝까지 우기며 심통을 부렸어요.

"개미 너는 거짓말쟁이야!"

메뚜기는 개미의 믿을 수 없는 말에 화가 났어요.

메뚜기는 멀리뛰기 시합을 하는 친구들에게 뛰어갔어요.

"하나둘 출발!"

들판에 있는 친구들이 구호에 맞추어 멀리뛰기 시합을 했어요.

“오호! 오늘은 내가 최고다.”

제일 멀리 뛰어간 장다리 메뚜기가 환호했어요.

뒤처진 메뚜기 친구들이 장다리 친구에게 손뼉을 쳐주었어
요.

그때 친구들에게 뛰어온 메뚜기가 씩씩거리며 개미의 말을
전했어요. 그러자 메뚜기 친구들이 개미를 비웃었어요.

“개미는 바보야!”

“맞아 맞아, 개미는 바보야!”

시간이 흘러 찬바람이 불자, 메뚜기는 그만 얼어 죽었습니다.
가엾은 메뚜기는 내년이 있다는 것을 영원히 모르고 죽었습니
다.

겨울이 지나고 봄이 되자 따뜻한 햇볕에 쌓인 눈이 녹았습니
다. 개미는 눈 속에 얼어 죽은 메뚜기를 보자 마음이 아팠습니
다. 마음 착한 개미는 죽은 메뚜기를 양지바른 곳에 묻어주었어
요.

개미는 잠시 하루살이의 내일과 메뚜기의 내년을 생각했어
요. 개미는 주어진 오늘에 감사했어요. 개미는 힘을 내어 다시
소중한 하루 일을 시작했습니다.

≪하루살이의 내일과 메뚜기의 내년≫ 전문

(동화 예문 2)

　무엇이든지 잘 잊어버리는 병에 걸린 암탉 깜빡이는 눈을 끔뻑이며 바람에 떨어지는 벚꽃잎을 바라보았습니다. 흩날리던 벚꽃잎이 암탉 깜빡이의 부리에 떨어지자, 깜빡이는 목을 움찔거리며 꽃잎을 털어냈어요. 그러고는 새끼 병아리들과 함께 농장의 널따란 마당을 돌아다녔어요.

　"얘들아! 모이를 먹을 때는 꼬꼬댁, 다리에 힘을 주고 서서 꼬꼬댁, 고개만 숙여 쪼아 먹는 거란다. 꼬꼬댁!" 형형색색의 깃털을 가진 암탉 깜빡이는 샛노란 병아리들 앞에서 시범을 보였어요.

　"네! 삐약!"

　새끼 병아리 다섯 마리는 합창하듯 대답했어요.

　"자, 얘들아! 이 엄마를 따라 하려무나. 꼬꼬댁!"

　깜빡이는 어깨를 펴며 다리에 힘을 주고 다시 시범을 보였어요.

　"네! 삐약!"

　새끼 병아리들은 어미를 따라 모이를 쪼아 먹었어요.

　모이를 먹던 암탉 깜빡이는 이내 목이 말라 왔어요. 깜빡이는 농장 주인이 대야에 받아 놓은 물을 한 모금 마시고, 파란 하늘 한번 쳐다보고, 물 한 모금 마시고, 파란 하늘 한번 쳐다보았어요.

병아리들도 어미 깜빡이를 따라 물을 한 모금씩 마셨어요.

암탉 깜빡이는 병아리와 함께하는 것이 행복했어요.

따뜻한 봄 햇살 아래 졸고 있던 누런색 털을 가진 누렁이 개는 암탉 깜빡이와 병아리들 소리에 깨어나 눈을 끔뻑였어요.

"아이 잘 잤다."

개집 옆에 엎드려있던 누렁이는 앞뒤로 몸을 길게 펴며 기지개를 켰어요.

"어머, 누렁이 씨! 이렇게 좋은 날 잠만 자시나요? 꼬꼬댁!"

깜빡이는 모이를 주워 먹다 말고 그렇게 말했어요.

"깜빡이 아주머니, 나는 밤새 잠을 안 자고 도둑을 지켰답니다. 멍멍!"

의젓한 누렁이가 꼬리를 살랑이며 암탉 깜빡이에게 말했어요.

"어머나~ 미안해요. 누렁이 씨! 우리를 위해 밤새 수고 많았겠네요. 꼬꼬댁!"

깜빡이가 눈을 끔뻑이며 그렇게 말했어요.

"뭘요. 내가 마땅히 해야 하는 일인 걸요. 멍멍!"

누렁이는 깜빡이 말에 그렇게 답하고 미소 지었어요.

"얘들아! 꼬꼬댁!"

깜빡이는 새끼 병아리들을 불렀어요.

"네, 삐약!"

병아리들은 어미의 부름에 같은 목소리로 답했어요.

“누렁이 아저씨께 감사하다고 인사드려야지. 꼬꼬댁!”

깜빡이는 고개를 움찔거리며 말했어요.

“누렁이 아저씨! 감사합니다. 삐약!”

병아리들이 합창하듯 말했어요.

“깜빡이 아주머니! 새끼 병아리들이 아주 귀여워요. 멍멍!”

기분이 좋아진 누렁이는 꼬리를 살랑살랑 흔들며, 흐뭇한 미소로 병아리들을 보았어요.

“고마워요. 누렁이 씨!” 깜빡이는 그렇게 말했어요.

“애들아, 이제 화단으로 가자. 꼬꼬댁!” 깜빡이는 발길을 화단 쪽으로 돌렸어요.

“네, 삐약!”

누렁이는 깜빡이가 떠나자 다시 엎드려 눈을 감았어요. 따뜻한 봄 햇살에 졸음이 몰려왔어요.

깜빡이는 새끼 병아리를 데리고 담장 옆에 붙어있는 화단으로 갔어요. 화단에는 키 작은 포도나무 두 그루가 새싹을 내고 있고 그 아래 노란 민들레 꽃이 여기저기서 피어나고 있었어요.

깜빡이는 날카로운 발톱으로 무엇인가를 찾기 위해 맨땅을 팠어요.

“꼬꼬 꼬꼬! 여기 있을 텐데.”

깜빡이는 그렇게 말하며 화단 여기저기를 헤집었어요.

그때 깜빡이의 발톱에 오동통한 선홍색 지렁이가 걸려 나왔어요.

“어머, 여기 있었네. 꼬꼬댁!”

“와~ 지렁이다. 삐약!”

노란 병아리들이 지렁이를 쪼아 먹으려고 어미 곁으로 오종
종 모였어요.

깜빡이는 병아리들에게 지렁이를 던져주고 다시 흙을 헤집어
보았어요. 깜빡이 발톱에 지렁이 한 마리가 더 걸려 나왔어요.
암탉 깜빡이는 병아리들에게 다시 지렁이를 던져주었어요.

“맛있게 먹겠습니다. 삐약!”

병아리들은 지렁이를 쪼아 먹었어요.

암탉 깜빡이는 병아리들이 지렁이를 다 쪼아 먹을 때까지 흐
뭇한 마음으로 지켜보았습니다.

“애들아, 꼬꼬댁! 이제 이 엄마를 따르려무나. 꼬꼬댁!”

암탉 깜빡이가 움직이자, 새끼 병아리들이 어미 뒤를 줄줄이
따랐습니다.

“하나 둘! 하나 둘!”

병아리들이 발을 맞춰 걸었습니다. 깜빡이는 병아리들과 함
께 농장 한 바퀴를 돌아 다시 누렁이 집으로 갔습니다. 누렁이는
엎드려 졸고 있었어요.

“어머, 누렁이 씨! 이렇게 좋은 날 잠만 자시나요? 꼬꼬댁.”

깜빡이는 누렁이가 한 말을 잊고 다시 물었어요.

“나는 밤새 도둑을 지키고, 주인님과 함께 아침 산책을 다녀
왔답니다. 멍멍!”

게슴츠레하게 눈을 뜬 누렁이는 하품을 길게 하며 그렇게 말했어요.

"어머머, 친절한 누렁이 씨! 내 기억이 깜빡 깜빡해서 또 까먹었네요. 꼬꼬댁!"

깜빡이는 미안한 듯 고개를 움찔거렸어요.

"괜찮아요. 깜빡이 아주머니! 고의로 그런 게 아닌걸요."

넉넉한 마음의 누렁이는 반복되는 깜빡이의 물음에 언제나 친절하게 답해주었어요. 누렁이는 살랑살랑 꼬리를 흔들다가 다시 눈을 감았습니다.

암탉 깜빡이와 새끼 병아리들이 다시 마당을 돌아다녔어요.

"얘들아 꼬꼬댁! 이 엄마가 할 말이 있단다. 꼬꼬댁!"

암탉 깜빡이가 가던 길을 멈추고 그렇게 말하자 병아리들도 멈춰 서며 깜빡이 말에 귀를 기울였어요.

"요즘 들고양이가 우리 농장 주변을 자주 기웃거린단다. 꼬꼬댁! 그러니까 너희들은 꼭 이렇게 뭉쳐 다녀야 한단다. 꼬꼬댁!"

"네 삐약!" 새끼 병아리들이 답했어요.

"어디보자. 하나, 둘, 셋, 넷!" 깜빡이는 어딘가 이상해서 병아리들을 다시 세어보았어요.

"하나, 둘, 셋, 넷?"

"엄마, 우리 형제는 다섯이에요. 막내가 화단에서 안 따라왔어요. 삐약!"

새끼 병아리들이 합창하듯 말했어요.

“에구머니 내 정신 좀 봐.”

깜빡이는 자기 머리를 쥐어박았어요.

“엄마~ 농장 동물들이 엄마더러 깜빡 깜빡 깜빡이라고 놀려요. 창피해요. 삐약!”

첫째 병아리가 속상해서 그렇게 말했어요.

“맞아요. 삐약”

둘째 병아리가 맞장구쳤어요.

“어쩌지? 요즘은 더 정신이 없어지네….”

미안한 깜빡이는 그렇게 말하고 화단에서 놀고 있는 막내 병아리를 불렀어요.

“막내야! 꼬꼬댁!”

하지만 깜빡이의 말을 듣지 못한 막내 병아리는 화단에서 나오지 않았어요. 호기심 많은 막내 병아리는 흙을 파헤쳤어요. 흙 속에서 튕겨 나온 지렁이는 막내 병아리를 피해 구멍 속으로 다시 숨어들어갔어요.

“어라? 널 꼭 잡고 말 테야”

막내 병아리는 지렁이가 들어간 자리를 마구 파헤쳤어요.

깜빡이가 막내 병아리를 불렀지만 막내 병아리는 지렁이 잡기에 여념이 없습니다. 화가 난 암탉 깜빡이는 씩씩거리며 막내 병아리 옆으로 다가와 큰 소리로 호통을 쳤어요.

“막내 넌 몇 번을 불러야 이 어미 말을 들을 거니?”

“아이 깜짝이야~ 죄송해요. 지렁이 잡는 게 너무 재밌어서 그만….” 깜빡이의 호통에 깜짝 놀란 막내 병아리는 그렇게 말했어요.

“요즘 들고양이가 우리 농장 주변을 부쩍 어슬렁거린단 말이다.”

“알고 있어요 삐약!”

막내 병아리는 그렇게 말하고 머리를 긁적였어요.

그때 날쌔게 생긴 검은 들고양이가 돌담 위에 사뿐히 올라 위풍당당하게 마당의 풍경을 살폈습니다.

“냐옹~”

들고양이는 앙칼진 울음으로 깜빡이와 병아리들에게 겁을 주었어요.

“꼬꼬댁 꼬꼬! 어머나, 놀래라.”

깜빡이는 담장 위에 선 검은 들고양이 울음에 소스라치게 놀랐어요.

“깜빡, 깜빡, 깜빡이 아주머니!”

들고양이는 깜빡이 아주머니를 놀리듯 불렀어요.

들고양이의 모습은 사뭇 위협적이었습니다.

“들고양이 씨! 나를 왜 그렇게 부르죠? 꼬꼬댁!”

암탉 깜빡이는 기분이 좋지 않았어요.

“깜빡, 깜빡, 깜빡이 아주머니! 아주머니 뒤에 새끼 병아리가 몇 마리나 있나요?”

들고양이는 깜빡이 기분일랑 상관없이 음흉하게 물었어요.

"그, 그런 걸 왜 묻나요? 꼬꼬댁!"

깜빡이는 들고양이 눈빛이 마음에 들지 않았어요.

"깜빡, 깜빡, 깜빡이 아주머니! 내가 한 마리 잡아먹어도 깜빡이 아주머니는 금방 까먹으니까 슬프지도 않겠지요? 냐옹!"

검은 들고양이가 그렇게 말하고 피식 웃었어요.

"꼬꼬댁 꼬꼬! 안 돼요! 그건 안 돼요! 들고양이 씨! 그러면 못 써요!"

암탉 깜빡이가 소리쳤어요. 들고양이 말에 깜짝 놀란 깜빡이는 양 날개를 푸드덕거렸어요. 깜빡이는 병아리들을 날개 밑으로 모았어요.

"엄마, 무서워요. 삐약!"

"들고양이 나빠요. 삐약!"

겁에 질린 새끼 병아리들은 깜빡이의 날개깃 밑으로 숨었어요.

암탉의 날카로운 소리에 놀란 외양간 소들과 우리 안 돼지들이 일제히 들고양이를 쳐다보았습니다. 소와 돼지는 한마디씩 말했어요.

"못된 들고양이야! 저리 비키지 못해! 음메!"

"그래, 저리 비켜! 꿀꿀!"

들고양이는 비웃듯 담장 위를 사뿐사뿐 걸었어요.

"훗! 비키 긴요. 어차피 깜빡이 아주머니는 새끼 잃은 슬픔도 금방 까먹을 텐데요!" 들고양이는 어림없다는 듯 그렇게 말하고 마당 안으로 사뿐히 뛰어내렸어요. 날렵한 들고양이는 몸을 날려 가장 약해보이는 막내 병아리를 덮치려고 했어요.

"안 돼!"

깜빡이는 그렇게 말하고 달려드는 들고양이를 온몸으로 막았어요. 깜빡이 날개가 요란하게 푸드덕거렸습니다. 고양이는 방해되는 깜빡이 몸을 앞발로 쳐냈어요. 깜빡이의 몸이 땅바닥에 내동댕이쳐졌어요.

그때 잠에서 깬 누렁이가 번개처럼 달려왔어요.

"안 돼! 멍멍!"

누렁이는 깜빡이와 새끼 병아리들을 감싸 방패막이가 돼주었어요.

"누렁이 넌 저쪽으로 비켜! 냐옹!"

들고양이는 손톱을 세워 누렁이의 몸을 찍었어요.

"못된 들고양이야! 저리 가! 멍멍!"

누렁이는 들고양이 공격을 막으며 으르렁거렸어요.

누렁이와 들고양이는 한바탕 몸싸움을 벌였어요. 들고양이는 날카로운 손톱으로 누렁이의 얼굴을 긁어냈어요. 누렁이도 지지 않고 온 힘을 다해 들고양이를 쳐냈어요. 들고양이는 누렁이의 힘에 눌려 땅바닥에 튕겨 나갔어요.

누렁이에 밀린 들고양이는 담장 위로 사뿐히 올라섰어요.

"니아옹! 니아옹!"

몸통 여기저기 상처 난 들고양이는 사납게 소리쳤어요.

"분하다. 냐옹!"

들고양이는 팔뚝에 난 상처를 핥았어요.

"멍멍! 내가 있는 한 우리 농장은 안 돼!"

몸 여기저기에 상처 난 누렁이가 그렇게 말했어요.

"느림보 잠꾸러기로만 알았는데, 제법인데?"

들고양이는 누렁이가 못마땅했어요.

"난 느림보 잠꾸러기가 아니라구! 멍멍!"

누렁이는 어깨를 활짝 펴며 늠름하게 말했어요.

"하지만 조심해야 할 거야. 이 들고양이 님이 언제든지 틈만 나면 병아리들을 먹어치울 테니까 말이야. 니아옹!"

검은 들고양이는 그렇게 말하고 담장 밖으로 도망갔어요.

"어림없는 소리! 우리 농장은 내가 지킬 테니 덤벼 보시지. 멍멍!"

늠름한 누렁이는 그렇게 큰 소리로 말했어요.

"어머, 역시 누렁이 씨야. 음매에!"

외양간에 있는 암소의 말이었어요.

"그러게 말이에요. 꿀꿀!"

우리 안에 있는 돼지의 말이었어요.

도망가는 들고양이를 보고 마음이 놓인 깜빡이는 다친 누렁이에게 다가갔어요.

"누렁이 씨! 우리 아기들을 구해줘서 고마워요. 꼬꼬댁!"

암탉 깜빡이는 진심으로 고마워서 머리를 조아렸어요.

"고맙긴요. 내가 할 일인데요. 멍멍!"

누렁이는 살랑살랑 꼬리를 흔들며 그렇게 말했어요.

"누렁이 씨 덕분에 우리 농장 식구들이 마음 편하게 지내고 있답니다. 꼬꼬댁!"

암탉 깜빡이는 누렁이가 듬직했어요.

"누렁이 아저씨, 고맙습니다. 삐약!"

새끼 병아리들이 합창하듯 누렁이에게 인사했어요.

암탉 깜빡이와 새끼 병아리들은 다시 농장을 돌아다니며 마당의 모이와 벌레를 주워 먹었어요.

그때 첫째 병아리가 암탉 깜빡이에게 다가갔어요.

"엄마~ 창피하다는 말 죄송해요. 엄마에게 깜빡이라고 하는 소리가 듣기 싫어서 그만….”

첫째 병아리가 그렇게 말했어요.

"아니다 첫째야. 이 엄마가 더 정신을 차려볼게."

암탉 깜빡이는 그렇게 말하고 첫째 병아리를 안아주었어요.

"엄마 저두 죄송해요"

둘째 병아리가 말했어요.

"엄마 저두요"

다른 병아리들도 그렇게 말하고 깜빡이 품으로 들어갔어요.

새끼 병아리들이 튼튼하게 자라기를 바라는 깜빡이는 또 다시 먹이 시범을 보였어요.

"얘들아! 모이를 먹을 때는 꼬꼬댁, 다리에 힘을 주고 서서 꼬꼬댁, 고개만 숙여 쪼아 먹는 거란다. 꼬꼬댁!"

"네! 삐약."

새끼 병아리들은 잊어버리는 병에 걸린 깜빡이를 이해하며 어미가 하는 대로 따라 했어요.

모이를 주워 먹던 암탉 깜빡이와 병아리는 농장을 한 바퀴 돌아 누렁이 집 앞으로 다시 갔어요. 봄 햇살에 나른해진 누렁이는 그새 졸고 있었어요.

"어머, 누렁이 씨! 이렇게 좋은 날 잠만 자시나요? 꼬꼬댁!"

암탉 깜빡이는 모이를 주워 먹다 말고 말했어요.

"깜빡이 아주머니, 나는 밤새 잠을 안 자고 도둑을 지켰답니다. 또 아침에 주인님과 산책을 했고, 조금 전에 들고양이 공격도 막았답니다."

친절한 누렁이는 그렇게 말하고 꼬리를 살랑살랑 흔들며 따뜻한 봄 햇살을 맞았어요.

"아, 내가 또 까먹었네요. 꼬꼬댁!"

암탉 깜빡이는 자기 머리를 쥐어박으며 미소를 지었어요.

듬직한 누렁이도 미소를 지었습니다.

암탉 깜빡이와 새끼 병아리들은 마당 여기저기를 돌아다니며 행복한 하루를 보냈답니다.

≪암탉 깜빡이≫ 전문

번개는 남한의 비무장지대에서 국군들과 함께 휴전선을 지키는 군견이었어요. 영리하고 후각이 뛰어난 번개는 벌써 간첩 한 명을 잡았고 남한으로 귀순하던 사람도 발견했습니다. 많은 공을 세운 번개는 나라에서 주는 훈장을 받고 멋진 하사가 되었어요.

휴전선을 지키던 번개 하사는 어느 날 갑자기 코를 킁킁거리며 안절부절못했어요. 정체 모를 어떤 냄새가 났던 것이었어요. 국군들은 번개의 이상한 행동에 아연 긴장했습니다. 번개는 코를 벌름거리다가 애타는 신음을 내는가 하면 갑자기 제자리를 뱅글뱅글 맴돌았습니다.

더 참지 못한 번개는 급기야 북쪽으로 내달렸습니다. 냄새가 나는 쪽으로 달려갔습니다. 갑작스러운 일에 최전방 군인들은 비상이 걸렸어요. 다급해진 군인들은 망원경으로 번개를 추적했어요. 그러나 번개는 거침없이 남북으로 난 오솔길을 달려 삼팔선을 넘어 북측 초소로 갔습니다.

그곳에는 북한의 군견 아름이가 있었어요. 번개는 숨을 헐떡이며 처음 보는 암컷 아름이 근처에 우뚝 섰습니다.

번개는 어여쁜 아름이가 좋았습니다. 기분 좋은 향내가 나는 아름이에게 꼬리를 살랑살랑 흔들며 사랑을 구했어요.

"나는 번개야. 넌 이름이 뭐야?"

번개가 용기를 내어 물었습니다.

"아름이….."

갑작스러운 일에 당황한 아름이는 얼굴이 빨갛게 달아올랐습니다.

"아름아 나랑 친구 하자."

번개는 수줍게 자신의 마음을 고백했어요.

"너는 남한 군견인데….."

아름이는 부끄러운 마음에 더 말을 잇지 못했습니다.

귀가 쫑긋하게 선 번개는 총명하고 튼튼한 진돗개였습니다. 아름이는 늠름하고 잘생긴 번개가 마음에 들었어요. 기분이 좋은 아름이는 꼬리를 살랑살랑 흔들었습니다.

그 후로 번개는 틈만 나면 남북으로 난 오솔길을 건너가 아름이와 사랑을 꽃피웠습니다. 금강초롱꽃, 노루오줌, 마타리, 기린초 등 예쁜 들꽃들이 핀 들판을 함께 달렸어요. 휴전선의 꽃동산은 아름다웠습니다. 비무장지대에 사는 산양, 고라니, 멧돼지가 번개와 아름이의 사랑을 축하해 주었어요. 남북 분단 이후 군견들이 처음으로 화촉을 밝힌 것이었습니다. 맑기만 한 푸른 하늘도 번개와 아름이의 사랑을 축복해주는 것 같았습니다.

마침내 아름이는 새끼를 배었어요. 번개는 아빠가 되는 것이었습니다.

남북 군인들 사이에서는 전에 없이 화해 분위기가 감돌았어요. 철조망으로 나뉜 삼엄한 휴전선에 순풍이 불어 왔습니다. 국군과 인민군은 집에 두고 온 가족들 생각이 났어요. 번개 가족은 국군과 인민군의 사랑을 한 몸에 받았습니다.

어느 날 번개는 국군이 준 맛있는 뼈다귀를 입에 물고 새끼를 낳은 아름이에게 달려갔습니다. 새끼 낳느라 지친 아름이는 몸을 동그랗게 말아 차가운 바닥에 엎드리고 있었어요. 고물고물한 새끼들은 아름이의 젖을 사정없이 빨아 먹느라 야단법석이었습니다. 번개는 힘든 아름이에게 뼈다귀 선물을 주었습니다.

"아름아! 힘들지? 이거 먹고 힘내."

번개의 따뜻한 마음에 기분이 좋아진 아름이는 꼬리만 살랑살랑 흔들었어요.

형제 강아지들에 치인 막내 강아지가 아름이의 품에서 발발 기어나갔어요. 번개는 새끼를 물어다 아름이 품에 안겨주었습니다. 막내 강아지는 아름이의 풍성한 젖에 다시 파묻혔습니다. 새끼를 본 번개는 남북으로 난 오솔길을 더 자주 건너왔습니다.

그러던 어느 날, 초소의 인민군들은 아빠가 된 번개를 불렀습니다. 번개는 아름이를 돌보아주는 인민군들을 외면할 수 없었어요. 번개는 제자리에 맴돌며 아름이를 잘 부탁한다고 짖었어요. 그렇지만 인민군들이 알아들은 것 같지 않았습니다. 인민군들은 번개를 살살 꾀었어요. 장난기가 발동한 몇 명의 인민군들은 우물쭈물하던 번개를 강제로 잡았습니다. 번개는 으르렁거려 보기도 하고 신음도 내보았어요. 노끈을 든 인민군들은 북한을 선전하는 전단지를 번개 등에 칭칭 감았습니다. 번개는 등에 붙은 전단지를 떼어 보려고 했어요. 몸통을 흔들어 보고 땅에 뒹굴

어보았어요. 그러나 전단지는 떼어지지 않았습니다. 아름이는
걱정스럽게 번개를 바라보았어요.

번개는 하는 수없이 남북으로 난 오솔길을 건너 남한 초소로
돌아왔어요. 군인들은 번개 등에 붙은 전단지를 떼어냈습니다.
답답하던 번개는 살 것 같았어요. 그러나 전단지를 본 국군들의
표정이 일순간 일그러졌습니다.

"김 일병! 이 전단지 상부에 보고해!"

전단지를 받아 든 김 일병은 잔뜩 굳은 표정이 되었어요. 번
개를 보는 얼굴에 근심이 가득했습니다. 번개는 걱정이 되었어
요. 전단지에 쓰인 내용을 알 수 없었지만, 군인들이 싫어하는
내용임이 틀림없었습니다.

한 참 후에 돌아온 김 일병은 안타까운 얼굴로 번개의 머리를
쓰다듬어 주었어요.

"번개 하사! 다른 부대로 이송되어도 나라를 위해 충성해야
한다."

"끙끙"

김 일병의 말을 알아들은 번개는 금방이라도 눈물이 날 것만
같았습니다. 번개는 다리에 힘이 풀렸어요. 아름이와 어린 새끼
들이 걱정되었습니다.

트럭 한 대가 곧 초소 앞에 멈추었습니다. 김 일병은 번개에
게 올라타라는 손짓을 했어요. 번개는 다시 신음을 내며 머뭇거
렸습니다. 자신에게 잘못이 없다고 말해주고 싶었습니다.

“번개 하사! 네 마음은 알지만 빨리 타라! 상부의 명령이다.”

번개는 안타까운 마음으로 자신이 닦아놓은 남북에 길게 난 오솔길을 내려 보았어요. 저 멀리 아름이가 보였어요. 번개가 걱정된 아름이는 오솔길 먼발치까지 나와 있었던 것이었어요. 아름이를 본 번개는 눈물이 핑 돌았습니다.

“아름아! 사랑한다!”

“내 새끼들아! 사랑한다!”

번개는 아름이와 새끼들을 향해 컹컹 짖어댔습니다.

아름이는 번개에게 무슨 일이 생긴 것을 알아차렸습니다. 인민군들이 번개의 등에 붙인 전단지가 내내 걱정되었으니까요.

“여보!”

아름이는 안타깝게 짖었습니다.

“아름아! 잠시만 다녀올게.”

번개는 눈물을 삼키며 마지막이 될지도 모르는 아름이의 예쁜 모습을 한없이 바라보았습니다.

인사를 마친 번개는 트럭에 올라탔어요. 아름이는 번개가 오가던 오솔길로 뛰어갔습니다. 새끼들도 발발거리며 따라왔어요. 트럭에 올라탄 번개가 멀리 사라졌어요. 아름이는 조금 더 달려가 보았어요. 멀어져가는 번개를 더 오래 보고 싶었습니다.

“공을 세우고 꼭 돌아올게.”

번개가 슬피 울 듯 컹컹 짖었습니다. 제자리에 선 아름이는 멀어져가는 트럭을 한없이 지켜보았어요. 아름이는 번개가 사라지자 눈물이 났습니다. 뒤따라온 새끼들은 아름이의 기분일랑 아랑곳하지 않고 저마다 젖을 빨아 먹느라 야단법석이었어요.

다른 부대로 이송된 번개는 북한이 파놓은 여러 갈래의 땅굴을 찾았습니다. 번개는 아름이와 새끼들을 위해 공을 세우리라 마음먹었어요. 번개는 하루 빨리 아름이에게 돌아가고 싶었습니다.

후각이 뛰어난 번개는 발각된 땅굴 안을 수색했습니다.

후퇴하던 인민군들이 발각된 땅굴에 지뢰나 독극물을 묻었기 때문이에요. 번개는 뛰어난 후각으로 갱 안을 샅샅이 뒤졌어요.

"끄응 끄응."

번개는 수상한 냄새에 이끌려 갱 안 깊이 들어가다 그만 지뢰를 밟았습니다. 감각이 뛰어난 번개는 이러지도 저러지도 못했습니다. 갱 안의 국군들이 모두 피신하자, 번개는 발밑에 깔린 위험물을 피해 갱 밖으로 달렸습니다. 번개가 뛰자 지뢰는 곧 터지고 말았어요. 갱은 순식간에 무너져버렸습니다.

"아름아!"

번개는 어여쁜 아름이의 모습이 생각났어요. 번개는 아름이가 너무 보고 싶었지만 짧은 그 한마디만 남긴 채 군견으로서의 생을 마쳤습니다.

군인들은 죽은 번개의 희생을 기리며 동상을 만들었어요. 그리고 전쟁과 분단이 없는 평화와 통일의 세계를 바랐습니다.

≪번개≫ 전문

♣ 1인 출판

자주 글을 써라. 그게 출판될 거라는 생각으로가 아니라,
악기 연주를 배운다는 생각으로.
(J.B. 프리슬리)

1인 출판사 등록 전반에 대해 궁금합니다.

1인 출판 혹은 1인 출판사를 생각하는 사람이 꽤 많은 반면에 그 정보에 대해 알려주는 곳이 많지 않다. 또한 인터넷을 뒤져보아도 법 절차상의 정보를 찾아보기 쉽지 않다. 멘티가 필자를 만나자 "1인 출판, 1인 출판 하지만, 출판 사업 컨설팅은 어디 가서 배워야 하는지 몰라 한참 헤매다 지인이 정보를 주어 '사람책'을 신청했어요."라고 한다. 사실 1인 출판사를 생각하는 사람은 정보 부족으로 막막한 심정이 들지 않을 수 없다. 필자는 1인 출판사를 가진 대표를 찾아가 출판 시스템을 배운 경험을 정리해 멘티에게 그대로 공유했다. 필자도 경험이 없었지만 배운 그대로 더듬어 일을 진행하다 보니 출판에 경험이 쌓이게 되었다. 도중에 '이게 맞나?' 하는 생각이 들기도 했지만, 소설책 ≪고백≫을 시작으로 그림 동화책 남한 군견 번개와 북한 군견 아름이의 이야기 ≪번개≫와 ≪하루살이의 내일과 메뚜기의 내년≫을 출간

했다. 다음은 1인 출판 시작부터 끝까지 과정을 공유한다.

먼저 1인 출판사를 계획하는 사람이라면 시청의 문화 복지팀 출판 담당에 들러 출판등록서류를 적어 주민등록증과 등본을 함께 제출하는 게 우선이다. 이때 출판사 이름도 신중하게 정해서 적어내야 한다.

서류 제출 후, 3일이 지나면 등록증이 나오는데 이 등록증을 가지고 관할 세무서에 사업자 신고하면 등록번호가 나온다. 번호가 나오면 법적으로 1인 출판사가 차려진 것이다. 출판사가 세워졌다면 이제부터 좋은 콘텐츠를 선별해 책을 내면 된다. 출판사로서 책을 내려면 다음 일을 알고 진행해야 한다.

먼저는 등록증을 지참해 서초 국립 도서관 안쪽에 위치한 한국문헌번호센터에 방문하여 발행자 번호를 신청한다. 번호가 나오면 서지정보유통지원시스템에 들어가 회원 가입하고 출간하고자 하는 책의 ISBN을 신청하면 된다. ISBN은 책의 주민번호에 해당하는 바코드다. 일주일 내로 바코드가 나오면 책의 뒤표지에 바코드 이미지를 올리면 된다. 마지막으로 책 내용과 표지를 점검하여 거래하는 인쇄소에 넘기면 출판사의 할 일은 어느 정도 마무리된다. 이후 열흘 정도의 시간이 지나면 인쇄소에서 출판된 책이 나오는데 이 책 4권을 납본 대행하는 대한출판문화협회에 보내야 한다. 납본이란 국내에서 간행되는 모든 서적을 국회와 국립도서관에 보내는 과정을 말한다. 출판사는 출간된 책 4권과 대한출판문화협회 홈피에서 다운받은 간행물 납본 의뢰서를 작성하여 협회에 보내면 협회는 국회와 국립도서관에 책을 보내 준다. (납본 주소 :서울 종로구 삼청로 6 대한출판문화협회 출판정보센터)

이제 책을 독자들에게 유통시켜보자. 작가와 출판사와 인쇄소가 생산자의 입장이라면 서점은 소매업의 입장이다. 출판사는 책을 유통하기 위해 출협이나 북센, 등 도매유통업체를 선정하여 그에 맞는 계약을 체결해야만 각 서점에 책이 유통되어 독자가 책을 구입할 수 있게 된다.

* 1인 출판사 사이트 '출판동네 카페' 가입해서 정보 얻기

♣ 부록

내게 작가란
모든 것에 관심을 갖는 사람을 뜻한다.
(수전 손택)

틀리기 쉬운 맞춤법 몇 가지와 띄어쓰기

◆ 한글 맞춤법

·되 vs 돼

'되다'의 어간인 '되'는 단독으로 쓸 수 없고 어미를 붙여 적어야 한다. 그리고 '돼'는 '되어'의 준말이다. '되'에는 '하'를 '돼'에는 '해'를 대입해 보면 구별하기 쉽다.

예) 안돼요(o) / 안되요(x) -〉 안해요(o) / 안하요(x)

·안 vs 않

'안'은 '아니'의 준말이고 '않'은 '아니 한'의 준말이다. '안'은 부사이기 때문에 동사나 형용사 앞에 쓴다. '않'은 어간으로 혼자 사용될 수 없기 때문에 동사나 형용사 뒤에 사용해야 한다.

예) 빵을 안 먹는다. /

　　빵을 먹지 않았다.

·든지 vs 던지

'–든지'는 어느 것이든 선택될 수 있음을 나타낼 때, '–던지'
는 과거를 추측하고 어떤 일의 원인으로 생각할 때 쓰는 말이다.

예) '든지'–가든지 말든지 빨리 선택해./

　　'던지'–어찌나 배가 고프던지(원인) 금방 먹어 버렸어. 어
지간히 고생을 했던지(추측) 몰골이 말이 아니었어.

·왠지 vs 웬지

'왠'은 '왜인'의 준말로 오직 '왠지'에서만 사용된다. '웬'은
'어찌 된'이라는 뜻을 나타내는 관형사로 '왠지'를 제외한 나머
지는 전부 '웬'으로 사용하면 된다.

예) 왠지 맛있을 거 같아. /

　　웬일이니, 웬만하면

· 대 vs 데

'대'는 직접 경험한 사실이 아니라 남이 말한 내용을 간접적으로 전달할 때 '데'는 화자가 직접 경험한 사실을 전달할 때 사용한다. 간단히 말해 '대'는 간접경험, '데'는 직접경험이다.

'대'는 (~다고 해, ~다더라)를, '데'는 (~더라)를 붙였을 때 어울리는 곳에 사용하면 편하다.

예) 대－오늘 날씨가 춥대. (=춥다더라)/
　　데－그 영화 정말 재미없데. (=없더라)

· 낫다 vs 낳다

낫다: 어떤 사물과 비교하여 우위에 있다.
낳다: 출산하거나 결과를 이끌어내다

예) 병이 낫다. 순이보다 지영이가 낫다./
　　언니가 아기를 낳다. 국회의 파행을 낳았다.

· 다르다 vs 틀리다

다르다: 비교하는 두 대상이 같지 않고 차이가 날 때, 보통보
다 뛰어나다.

틀리다: 사실이 그릇되었을 때, 일이 순조롭지 못해서 차질이
생길 때

예) 형과 동생은 좋아하는 것이 다르다.(차이)
　　이 어려운 문제를 풀다니 역시 전문가는 다르다.(뛰어남)/
　　계산이 틀리다.(그릇된 사실)
　　오늘 내로 숙제를 끝내기는 틀렸다.(차질)

· 띠다 vs 띄다

띠다: 끈이나 띠 따위를 두름. 빛깔이나 기운, 책임 따위를 지님
띄다: 뜨이다 또는 띄우다의 준말

예) 임무를 띠고, 붉은 빛을 띠고, 미소를 띠고/
　　눈에 띄지 않게, 한 칸을 띄우고

· 바람 vs 바램

바라다에서 온 말이므로 바람이 표준어

· 어떻게 vs 어떡해 vs 어떻해

어떻게: 어떻(어떻다의 어근) 부사어

어떡해: 어떻게 해의 준말

어떻해 : 틀린 말

예) 어떻게 된 거니? 요즈음 어떻게 지내십니까?/

   나 어떡해. 오늘도 안 오면 어떡해.

· -오 vs -요

-오: 종결형

-요: 연결형

예) 어서 오십시오/

   이것은 책이요 저것은 연필이다.

·결재 vs 결제

결재는 결정할 권한이 있는 상관이 부하가 제출한 안건을 검토하여 허가하거나 승인함이라는 뜻을 가지고 있다. 회사에서 어떠한 서류를 제출할 때 이 단어를 사용한다고 생각하면 된다.

결제 같은 경우는 카드 결제, 현금 결제 등 어떠한 돈 적인 문제가 진행될 때 사용하는 단어라고 생각하면 쉽다.

·몇일 vs 며칠

A : 몇 월 ○ ○ 이냐?

B : 3월 14일이야.

○ ○ 에 들어갈 단어는 며칠이 맞는 표현이다.

한글 맞춤법 중에서 어원이 불분명하면 어원을

밝히고 적는 것이 아니라는 제 27항에 의해

며칠이라고 표현을 한다.

·대로 vs 데로

A : 야 너가 말한00 이렇게 하는 거네.

B : 그렇군.

00에 들어갈 단어는 대로다.

왜냐하면 대로는 의존명사다.

어떤 모양, 상태 등과 같이 어떠한 결과가 나오는 그 즉시라고
생각하면 좋을 것 같다.

예) 네가 말하는 대로 꿈은 이루어진다.

·삼가하다 vs 삼가다

무엇무엇인가를 삼가하다.

많은 분이 이 단어를 사용하는데 정확한 표현은 '삼가다' 라는
단어가 올바른 표현이다.

·설거지 vs 설겆이

과연 설겆이와 설거지 중에서는

어떤 말이 가장 맞는 말일까?

설겆이가 익숙하지만 설거지가 맞는 말이다.

·깨끗이 vs 깨끗히

'깨끗이'가 맞다. ≪한글 맞춤법≫ 제51 항에서는 '―이'와 '―

히'로 끝나는 부사를 구분하는 기준으로 "부사 끝 음절이 분명히 '이'로 나는 것은 '-이'로 적고, '히'로만 나거나 '이'나 '히'로 나는 것은 '-히'로 적는다."라고 규정하고 있다.

그러나 일반적으로 모음과 모음 사이 또는 유성 자음 (유음, 비음)과 모음 사이에서는 'ㅎ'이 약화되어 현실적으로는 '이'와 '히'의 발음을 구별하기가 어렵다는 문제가 있다.

예를 들어 '고이/고히, 헛되이/헛되히, 일일이/일일히'를 발음을 기준으로 구분하기란 여간 어려운 일이 아니다.

따라서 '-이'와 '-히'의 구별에 대한 다음과 같은 형태적인 기준을 참조할 필요가 있다. 다음은 '이'로 적어야 하는 경우다.

1) '하다'가 붙는 어근의 끝소리가 'ㅅ'인 경우

가붓이, 기웃이, 깨끗이, 나긋나긋이, 나붓이 등

2) 'ㅂ' 불규칙 용언의 어간 뒤

가까이, 가벼이, 고이, 괴로이, 기꺼이 등

3) '-하다'가 붙지 않는 용언 어간 뒤

같이, 굳이, 길이, 깊이, 높이, 많이 등

4) 첩어 또는 준첩어인 명사 뒤

간간이, 겹겹이, 골골샅샅이, 곳곳이, 길길이, 나날이 등

5) 부사 뒤

곰곰이, 더욱이, 생긋이, 오뚝이, 일찍이, 히죽이 등

6) '하다'가 붙는 어근의 끝소리가 'ㄱ'인 경우

깊숙이, 고즈넉이, 끔찍이, 가뜩이, 길쭉이, 멀찍이 등 위의

각 경우에 해당되지 않는 것은 모두 '히'로 적어야 하는데,
이들은 모두 '-하다'가 붙는 어근 뒤에서만 가능하다.

· 로서 vs 로써

~로써 : '로써'를 사용하는 경우는 도구나 수단을 나타낼 때
　　　 사용된다.
~로서 : '로서'를 사용하는 경우는 자격을 나타낼 때 사용된
　　　 다. 혹은 위치나 자리를 나타낼 때도 '로서'를 쓴다.

예) 1) 내가 너를 주먹으로써 복수하겠다.
　　 2) 이런 연습문제를 올림으로써 많은 사람이 공부할 수 있
　　　　겠구나 /
　　 1) 나는 학생으로서 시험준비를 해야한다.
　　 2) 나는 너의 부모로서 너를 가르칠 필요가 있겠구나
　　 3) 내가 너의 친구로서 하는 충고야

◆ 띄어쓰기

· 조사는 앞말에 붙여서 쓴다.
　예) 어디까지나, 거기도

· 의존 명사는 띄어 쓴다.

   예) 아는 것, 먹을 만큼, 떠난 지, 할 수 있다. 뜻하는 바

· 단위 명사는 띄어 쓴다.

   예) 옷 한 벌, 고등어 한 손, 북어 한 쾌

· 수는 '만' 단위로 쓴다.

   예) 십이억 삼천사백오십육만 칠천팔백구십팔

       (12억 3456만 7898)

· 이어 주거나 열거하는 말은 띄어 쓴다.

   예) 열 내지 스물, 사과, 배 등

· 단음절 단어가 연이어 나타날 적에는 붙여 쓸 수 있다.

   예) 그때 그곳, 한잎 두잎

· 보조 용언은 띄어 씀을 원칙으로, 경우에 따라 붙여 쓴다.

   예) 꺼져 간다(꺼져간다), 올 듯하다(올듯하다)

· 고유명사─이름은 붙여 쓰고, 덧붙이는 호칭은 띄어 쓴다.

   예) 충무공 이순신 장군

글쓰기 책쓰기

초판 1쇄인쇄 2026년 1월 23일
초판 1쇄발행 2026년 1월 25일

저   자 방은
발행인 박지연
발행처 도서출판 도화
등   록 2013년 11월 19일 제2013-000124호
주   소 서울시 송파구 중대로34길 9-3
전   화 02) 3012-1030
팩   스 02) 3012-1031
전자우편 dohwa1030@daum.net
인   쇄 (주)유진보라
ISBN | 979-11-24052-15-0*03810
정가 15,000원

도화道化, fool는

고정적인 질서에 대한 익살맞은 비판자,
고정화된 사고의 틀을 해체한다는 뜻입니다.